U0495727

笑问兰花何处生，
兰花生处路难行。
争向襟发抽花朵，
泥手赠来别有情。

副刊文丛 一

主编 李辉 王刘纯

泥手赠来

黄德海 著

中原出版传媒集团
中原传媒股份公司
大象出版社
·郑州·

图书在版编目(CIP)数据

泥手赠来 / 黄德海著.— 郑州 : 大象出版社,
2018. 3
(副刊文丛 / 李辉, 王刘纯主编)
ISBN 978-7-5347-9533-6

Ⅰ. ①泥… Ⅱ. ①黄… Ⅲ. ①文艺评论—中国—当代
—文集 Ⅳ. ①I206. 7-53

中国版本图书馆 CIP 数据核字(2017)第 268540 号

泥手赠来

NISHOU ZENGLAI

黄德海 著

出 版 人 王刘纯
项目统筹 李光洁 成 艳
责任编辑 李 爽
责任校对 安德华
封面设计 段 旭
内文设计 杜晓燕

出版发行 大象出版社(郑州市开元路 16 号 邮政编码 450044)
发行科 0371-63863551 总编室 0371-65597936
网 址 www.daxiang.cn
印 刷 北京汇林印务有限公司
经 销 各地新华书店经销
开 本 787mm×1092mm 1/32
印 张 9.625
版 次 2018 年 3 月第 1 版 2018 年 3 月第 1 次印刷
定 价 39.00 元
若发现印、装质量问题,影响阅读,请与承印厂联系调换。
印厂地址 北京市大兴区黄村镇南六环磁各庄立交桥南 200 米(中轴路东侧)
邮政编码 102600 电话 010-61264834

“副刊文丛”总序

李 辉

设想编一套“副刊文丛”的念头由来已久。

中文报纸副刊历史可谓悠久，迄今已有百年。副刊为中文报纸的一大特色。自近代中国报纸诞生之后，几乎所有报纸都有不同类型、不同风格的副刊。在出版业尚不发达之际，精彩纷呈的副刊版面，几乎成为作者与读者之间最为便利的交流平台。百年间，副刊上发表过多少重要作品，培养过多少作家，若要认真统计，颇为不易。

“五四新文学”兴起，报纸副刊一时间成为重要作家与重要作品率先亮相的舞台，从鲁迅的小说《阿Q正传》、郭沫若的诗歌《女神》，到巴金的小说《家》等均是在北京、上海的报纸副刊上发表，从而产生广泛影响的。随着各类出版社雨后春笋般出现，杂志、书籍与报纸副刊渐次形成三足鼎立的局面，但是，不同区域或大小城市，都有不同类型的报纸副刊，因而形成不同层面的读者群，在与读者建立直接和广泛的联系方面，多年来报纸副刊一直占据优势。近些年，随着电视、网络等新兴媒体的崛起，报纸副刊的优势以及影响力开始减弱，长期以来副刊作为阵地培养作家的方式，也随之隐退，风光不再。

尽管如此，就报纸而言，副刊依旧具有稳定性，所刊文章更注重深度而非时效性。在新闻爆炸性滚动播出的当下，报纸的所谓新闻效应早已滞后，无法与昔日同日而语。在我看来，唯有副刊之类的版面，侧重于独家深度文章，侧重于作者不同角度的发现，才能与其他媒体相抗衡。或者说，只有副刊版面发表的不太注重新闻时效的文章，才足以让读者静下心，选择合适时间品茗细读，与之达到心领神会的交融。这或许才是一份报纸在新闻之外能够带给读者的最佳阅读体验。

1982 年自复旦大学毕业，我进入报社，先是编辑《北京晚报》副刊《五色土》，后是编辑《人民日报》副刊《大地》，长达三十四年的光阴，几乎都是在编辑副刊。除了编辑副刊，我还在《中国青年报》《新民晚报》《南方周末》等的副刊上，开设了多年个人专栏。副刊与我，可谓不离不弃。编辑副刊三十余年，有幸与不少前辈文人交往，而他们中间的不少人，都曾编辑过副刊，如夏衍、沈从文、萧乾、刘北汜、吴祖光、郁风、柯灵、黄裳、袁鹰、姜德明等。在不同时期的这些前辈编辑那里，我感受着百年之间中国报纸副刊的斑斓景象与编辑情怀。

行将退休，编辑一套“副刊文丛”的想法愈加强烈。尽管面临新媒体的挑战，不少报纸副刊如今仍以其稳定性、原创性、丰富性等特点，坚守着文化品位和文化传承。一大批副刊编辑，不急不躁，沉着坚韧，以各自的才华和眼光，既编辑好不同精品专栏，又笔耕不辍，佳作迭出。鉴于此，我觉得有必要将中国各地报纸副刊的作品，以不同编辑方式予以整合，集中呈现，使纸媒副刊作品，在与新媒体的博弈中，以出版物的形式，留存历史，留存文化，便于日后人们借这套丛书领略中文报纸副刊（包括海外）曾经拥有过的丰富景象。

“副刊文丛”设想以两种类型出版，每年大约出版二十种。

第一类：精品栏目荟萃。约请各地中文报纸副刊，挑选精品专栏若干编选，涵盖文化、人物、历史、美术、收藏等领域。

第二类：个人作品精选。副刊编辑、在副刊开设个人专栏的作者，人才济济，各有专长，可从中挑选若干，编辑个人作品集。

初步计划先从20世纪80年代开始编选，然后，再往前延伸，直到“五四新文学”时期。如能坚持多年，相信能大致呈现中国报纸副刊的重要成果。

将这一想法与大象出版社社长王刘纯兄沟通，得到王兄的大力支持。如此大规模的一套“副刊文丛”，只有得到大象出版社各位同人的鼎力相助，构想才有一个落地的坚实平台。与大象出版社合作二十年，友情笃深，感谢历届社长和编辑们对我的支持，一直感觉自己仿佛早已是他们中间的一员。

在开始编选“副刊文丛”过程中，得到不少前辈与友人的支持。感谢王刘纯兄应允与我一起担任丛书主编，感谢袁鹰、姜德明两位副刊前辈同意出任“副刊文丛”的顾问，感谢姜德明先生为我编选的《副刊面面观》一书写序……

特别感谢所有来自海内外参与这套丛书的作者与朋友，没有你们的大力支持，构想不可能落地。

期待“副刊文丛”能够得到副刊编辑和读者的认可。期待更多朋友参与其中。期待“副刊文丛”能够坚持下去，真正成为一套文化积累的丛书，延续中文报纸副刊的历史脉络。

我们一起共同努力吧！

2016 年 7 月 10 日，写于北京酷热中

目　录

第二辑　成长观

第三辑　变形记

第五辑　月旦抄

与时消息

周　毅

我是2002年到《笔会》副刊工作的，当时在《笔会》编辑中年龄排老小。做这个安排的领导说，是希望借此给老副刊带去一点“新”意。

新、新鲜感，与年龄俱来的年轻态、现实感，其实也就是一代有一代的生活，一代有一代的文章，不同的年龄阶段有不同的关注点。但，这些是不是就是“新”

的全部含义了呢？记得在这样立意求新、打打拼拼几年之后，心里渐渐生出一些疑惑来，似乎天下已无新事了。虽然还是有新人新热点在冒出来，可是，也知道，这样的新，固然有其（随波逐流的）价值，但是，是不是足以成为支持一个老品牌更新的力量呢？更重要的，是不是足以成为令自己安定自信的那种力量呢？

接下来正好身体出了点问题，顺势放空休息，心里离那个曾经热衷的世事远了。

就是在一种不急切、平静的阅读中，突然读到一篇文章，其勃勃生气，不同寻常，文中有少年意气，更有一种龙争虎斗、互相接引的气象，直像一团厉害的光。这就是发表在《上海文化》2009年第四期上的《内心的指引》，关于电视剧《我的团长我的团》的长篇三人谈，对话人分别是张定浩、黄德海、汪广松。三个名字都闻所未闻。这一年，吴亮主持《上海文化》，刚改版不久。

他们毫无习气地讨论和分享关于《我的团长我的团》的感悟。这是一部在《士兵突击》的热潮之后，在大众收视中没有取得乘胜追击效果的电视作品，而他们三人都认出了它。从其中看到一种和现代小说相似的“艺术自由性”，认出了它骨子里是《国殇》，在“招魂”。他们在与《潜伏》《人间正道是沧桑》的对比中，觉得三部作品分别面向过去、现在、未来；他们谈到“另一个灵魂序列”，谈到经由一点点“牺牲”来扭转的局面，谈到“炮灰”如何进入了“封神榜”。

这篇长谈雍容潇洒，能见到丰赡的知识储备，同时有一种罕见的珍视与拯救自己灵魂的热忱，与一般的文艺评论判然有别；而这，似乎正相应叩开了我于“新”中的困局。

不是更“新”，而是“更”新。

也是鬼使神差，我向张文江老师提起这篇让我感到惊讶的文章，张老师欣喜地回话：这三人我都认识呀！

于是经张老师介绍，约见了在上海的黄德海和张定浩（汪广松因在宁波工作，很多年后才得以见面）。他们很年轻，刚过三十吧，还清瘦拘谨，有一种站在世界门口张望，踌躇未定是否进入的感觉。张定浩刚调入作协《上海文化》工作，黄德海在一家出版社。

初次见面，我也有些拘束，谈得不多。以后通过电邮往来，《笔会》开始推出张定浩《过去时代的诗与人》专栏，德海则还要晚些。有天清晨上班走过陕西路，见他在路边与一个人交谈，我笑着打个招呼过去，一会儿他也笑着跑了上来，我们就在路边站下，谈给《笔会》写点啥文章。

那时他在办工作调动，说杂事比较多，有点不安心。

等到他安心下来，慢慢就开始了在《笔会》的《书间消息》栏目的写作。

这个栏目不是他的个人专栏，但是因他而起，他读书多。名字也是和他商量出来的，他说，喜欢来自《易经》的“消息”二字，“日中则昃，月盈则食，天地盈虚，与时消息”。

接下来的几年，通过他们勤奋和不平凡的写作（不仅在《笔会》），上海文坛几乎人人都感到张定浩和黄德海的气场了。

曾经有前辈说，副刊编辑，“组稿”不如“组人”，人组对了，稿子自然就有了。不错的，因为有德海，有他的阅读生活，让《笔会》分享到了许多精彩的好书。如阿城的《洛书河图——文明的造型探源》，徐皓峰的《逝去的武林》系列，张新颖的《沈从文的后半生》，唐诺的《眼前》，还有些较少人关注到的《南怀瑾故园书》《丽丝·迈特纳：物理学中的一生》《读书纪闻》等，涉及的书就更多，《普鲁斯特的个人书房》《哥本哈根》《乔布斯传》……这个书单，可以见出德海看书的多和杂，这是一个心性自由的人在强悍地阅读。

仅仅写得多，并不意味着什么，也许什么都不意味，关键是德海的文中有一种秩序，在批评议论的底子里，隐藏着令人振作，亦让人安顿的一种向上的秩序。他望向他人的眼，往往有一种自我审视的眼光，这是古老的为己之学的新生吧。

记得他说："天才的出现往往有旷代光华相随，甚至某个领域一代人的才情都会集聚到一人之身，其他人的光辉会被遮盖。意识到天才现象的残酷性，是人认识真相的起点。"

人（或副刊）可能需要追逐潮流，却更需要认识真相，然后自我更新。这个题目，每个人都需要通过行动去得出各自的答案。而面对这个题目，比不知道有这题目的存在，许诺了更多成就希望的可能。

“匪且有且，匪今斯今，振古如兹”就是这个意思吧！

《诗经·周颂》里的这句话，我是后来在汪广松一篇文章引用时读到的。因这个来由，我就还想到一层意思，都说编辑是为人作嫁衣，没错，但编辑同时却有另一层好处，那就是可以和好的作者一起成长。我本没有想到，这篇关于德海的序会从我自身的疑惑写起，却发现只有这样照实地写来，才写得下去。这也是一种“消息”？

还有件小事。张定浩、黄德海、汪广松，他们三人，是复旦中文系研究生同学，且同级，定浩、德海住一个屋，汪广松住楼下。这件事和本书有关系吗？好像没有，但是，觉得稀奇有意思，别处也没地儿说去，趁这个机会写下，以此结束吧。

第一辑

受益录

“让前人来校正我们”

步入中年的徐皓峰去看他的老师，老师提醒他，“别太相信灵感，要啃下一个时代”。徐皓峰下功夫的是民国武林。把功夫下在这里，有特殊的机缘。将近八年的时间，徐皓峰闭门读书，其间，只跟两位八十多岁的老人交往。这两位老人，一位是陈撄宁的弟子胡海牙，仙学正脉；一位是他的二姥爷李仲轩，形意拳正宗。因为这机缘，徐皓峰有诸多作品问世。仙学方面的文章，散见于报章杂志，至今没有结集。武林前辈的口述，以《逝去的武林》为题出版，轰动一时。此后，徐皓峰的另外两本口述记录《武人琴音》《高术莫用》（以上三书，所用版本均为人民文学出版社，2014 年 4 月）出版，外加《大成若缺》（作家出版社，2011 年 5 月），合起来，差不多勾勒出了民国武林的“内景”。

据说毕加索在世的时候，画家们非常不愿请他参加自己的展览，因为一旦被毕加索扫过一眼，自己费尽心力的精华就会被吸走，成为他画里一个不经意的部分。天才的出现往往有旷代光华相随，甚至某个领域一代人的才情都会集聚到他一人之身，其他人的光辉会被遮盖。意识到天才现象的残酷性，是人认识真相的起点。在徐皓峰记述的武林世界里，人们就老实地承认这种残酷：“学武术没有陪练制度，但十个徒弟里有一个好苗子，其他九个师兄弟都得给他做牺牲，他们就是他的陪练。”练拳，不是普通人想的那么简单。

“一个人不用功，一辈子练不上档次，就没有危险，当个业余爱好者，也是很快乐的。”如果是意图深入的天才，练武伊始，就处处是险境，因为真东西也会害人，得看你福德是否深厚，能不能经得起实际习练的千难万险。武术是与身体有关的技艺，容不得马虎，碰到真东西了，练习的快慢火候都是问题，一不小心即深受其害。“习者未得详细传授，妄自操作，违反了生理”，就难免对身体产生负面影响。严格一点说，“在正统的武术门派里，随便改拳是要付出血的代价的，甚至一手都不能改”。

拳的套路，是前辈中的高手经过身心的体味一点点洗发出来的，关涉极其精妙的身体反应，岂是可以轻易改的？可是，每个人的身心状况并不一致，同一套路如何适应每个具体的人？这就需要从师父的身教上学，师父根据每个人的不同情况给予具体指点。老派的教法，很像无为而治，“徒弟下功夫，师父后告诉要点。你长进快，先悟到了，师父也不说了，容你再长进，等着告诉你下一个要点”。当师父的若不经意，并不极力督促，其实是引而不发，仔细观察学习者的进度，“在徒弟将成未成、似是而非时，讲出窍要，为印证”。这种时刻，需要眼光和决断，啐啄同时，习练者的身体才能打开。否则，愤悱启发的时机不对，在身体的某个境界里僵住，一个人的武术之路也差不多走到了尽头。

进路打开，练武者一旦迈入较高的层面，每个人所需的关键性指点更加微妙，时机也在毫厘之间，这就不免牵扯到秘密传授的问题。陈撄宁在《口诀钩玄录（初集）》里谈到口诀不能轻传的十四条理由，名目颇多。喜欢陈撄宁文章的徐皓峰应该从这里得了启发，记录口述时很注意武林的守密问题，“对于武人，吝技是美德。公之于众——是件特别可怕的事，因为大众会糟蹋它”。只是武林守密的理由，不像陈撄宁所列的那样繁复，主要是须针对每个习武者的具体情况，一对一地教，“不管公布多少秘密，光有书本，也还是不够”。师父们守密，“很多时候不是保守，而是怕说多了妨碍徒弟”。绝大多数情况下，公开了无用，甚至有害，“绝密的东西公开一练，全都无效，世人便把武术轻贱了”，连带着武林也会被轻视。

既然守密如此重要，民国武林的重要人物，为什么最终还是把秘密公开了？“我们的形意拳是李存义传下来的，宗旨是保家卫国”，“当时民族危机极其严重，想让国民迅速强悍，手把手地授徒觉得来不及”，便用书的形式把大部分秘密公布出来，向国家献利器。心情可以理解，但公开之后，效果平平，甚至因为公开而造成了教授的简化，因而“对人的要求更高，学起来更难”。到最后，决意公开秘密的薛颠不得不承认，“学武还是要手把手地教”。但公开秘密之后的武林，到现在，确实已经是一个“逝去的武林”了，当时决意公开秘密的前辈，大概难以完全免责。后人归罪于民国武林人物，是在这里；理解民国武林人物，或许也在这里。

秘密守住了，好的师父会随不同人的具体情况来指引，徒弟成就的，也是一个特别的自己。“武功要从性情中来，什么性情出什么功夫”，结合每个人自身的具体生理练出来的功夫，才真。这可能是学习任何一样东西的诀窍，随——师父随徒弟，徒弟也各随自己的性情。练形意拳用的大杆子，“沉、长、颤，都是为了失控”，这样人才能随着杆子走，“杆子失控了，会带着人走，这时正好改自己身上的劲……这个过程要尽量长，在杆子上求功夫，最后功夫都能落到自己身上。一开始就想着怎么使，让它听你的，就没得玩了”。随成近乎本能，临战之际，“脑子就空了，一切招式都根据对方的来……对方动手的征兆一起，我就动了手。不是爱使什么招就使什么招，要应着对方，适合什么用什么”。这是随的大义，不是被动地跟随，而是抢占先机，永远领先一步。练武也好，为人也好，欲得先机，光有书本上的知识和歌诀不行，要经高明人指点，悟出产生歌诀的那些东西，人才会有深一层的进境。

我肯定把习武这件事说得太过曲折了，仿佛每一层进境都伴随着无数的沟坎，其实未必。形意拳的一代高手唐维禄，农民出身，到天津找李存义拜师，李存义不收，唐维禄就留下来做杂役。待了八九年，李存义发现正式学员没练出来，他却练出来了，郑重将其列为弟子。其间，唐维禄受了多少辛酸，吃过多少苦，谁也不清楚，只知道他“经历过一段颠倒岁月，从大辛酸里爬起来，只是当时不知道是辛酸，傻乐呵地就过来了”。这个傻乐呵的基础，是诚恳。

读徐皓峰这几本书，感受最深的，就是这个诚恳。民国武林人物讲究“精诚所至，金石为开”，强调“人诚恳,有好处”。习武的人也会说到读书,因为关涉诚恳:“古人读经时，遇到不懂处，流行拜经，读一字拜一字，虔诚之下,终会读懂,名为‘天真积力久,豁然根本显’。”他们不喜欢机灵人，因为“机灵人都是小器人，做不来长久事”。有了诚恳作底子，才能克服惰性，走过习武之路上的无量关口。因为武术上“真传的话都简单无趣，下了功夫，才有趣”，没有诚恳及因诚恳而来的勤勉作底子,要体味武术中的乐趣,怕没有那么简单。武术中的乐趣到底是什么呢？书中星星点点提到一些，非常动人,有心人不妨自己去看。只恐是,“这般清滋味，料得少人知”。

在一次访谈里，徐皓峰自述其志：“我们需要探索、体会前人的生活，让前人来校正我们。如果我们从前人处还得不到助益，这个时代便不知会滑向何方。”

这样看，徐皓峰记录民国武林的内景，就不是凭吊，不是叹惋，而是一种从过去时代的真实样貌汲取能量的努力。这个努力因为有武林人物实实在在的性情、见识和勤恳作底子，就不是徒乱人心的呼喊，而是一种切切实实的吁求。

一句话的底本

1938 年，在纳粹迫害下流亡数年的托马斯·曼到达纽约，有人问他，是否觉得流亡生活是一种沉重的负担。托马斯·曼回答说："这令人难以忍受，不过这更容易使我认识到在德国弥漫着荼毒。我其实什么都没有损失。我在哪里，哪里就是德国。我带着德意志文化。"

如果不是考虑到托马斯·曼的国籍，这句话差不多可以作为近年喧腾众口的"民国范儿"的一个典型了。

一段时间里，有人以中国文化的托命人自许，宣称“我在哪里，中国文化就在哪里”，“凡我在处，就是中国”，我猜想，大概就是从以上的故事中学来的。

后来我发现，这样的表达，其实用不着远征异国，稍微隐约一点的意思，梁漱溟也讲过。1939 年，战争烽火正烈，梁漱溟活动于华北华东诸战地，曾出入于敌后八个月左右。在此期间，同行的很多朋友因炮火的威胁而举止失措，唯有梁漱溟，一直在险境中坦然自若，朋友不禁感叹：“梁先生了不起，若无其事！”在给家人的信里，梁漱溟解释了自己履险如夷的原因：“前人云：‘为往圣继绝学，为来世开太平’，此正是我一生的使命……又今后的中国大局……亦正需要我；我不能死。我若死，天地将为之变色，历史将为之改辙，那是不可想象的，万不会有的事！”为了避免误解，在把这封信收到传记中时，梁漱溟还特为添加了一个“后记”：“此文原系家书，其中有些话不足为外人道。但既然被友人拿去在桂林《文化杂志》上发表了，亦不须再阏。其中狂妄的话，希望读者不必介意，就好了。”

更为明确的说法，见于20世纪50年代。一个民国人物在给老友的一封信里，这样转述别人对自己的赞扬：“他简直不是一个人，而是一个民族。”我忘记了受到赞扬的当事人面临着怎样的困窘，需要借这样的话来策励自己；也不知道此人的文字和筹谋，最终是否当得起这个赞赏。但托马斯·曼和梁漱溟在说这些话时，确实身历着艰难困苦，他们的说法，与其说是狂妄，毋宁说是困境中的一种激越反应。不管他们身上是不是真的背负着一个民族的文化，后来，托马斯·曼用《浮士德博士》，部分兑现了对自我的期许；而梁漱溟，也以其“三军可夺帅也，匹夫不可夺志也”的果决，赢得了人们的信任。

其实，自晚清至民国（甚或每临板荡），类似的话还有很多，简直到了不胜枚举的地步，要梳理清楚其间的关系，难免治丝益棼。幸亏熊十力自撰的一副对联，无意间提示了以上言论的最早出处。也是在抗战时期，熊十力辗转入川，居停北碚时，他时常跟人说起自己挂在北平寓所的对联，“道之将废也，文不在兹乎”。

两联均出《论语》，也都是孔子的话。上联取自《宪问》：“道之将行也与，命也；道之将废也与，命也。公伯寮其如命何？”下联源于《子罕》：“文王既没，文不在兹乎？天之将丧斯文也，后死者不得与于斯文也；天之未丧斯文也，匡人其如予何？”

孔子的两次感叹，一次在履霜坚冰之时，一次处颠沛困厄之中。感叹“道之将废也与”时，孔子正任鲁国大司寇，而子路也在做当权者季孙的私人总管，这时，却有公伯寮向季孙编排子路的坏话。见微知著，孔子知道这其实是季氏对自己师生起疑的信号，鲁国的政治已不可为，而他的政治理想也必将破灭，于是有此感慨。因为感慨的是国事，孔子在这里用了自己素所罕言的“道”。

第二次感叹发生在周游列国途中，孔子与一众弟子被困于匡，眼见有了性命之忧。面临如此绝境，孔子平常深深收敛的光芒不自觉地显露出来，虽然一闪即逝，却让我们罕见地看到了他内在的骄傲：“文王既没，文不在兹乎？”文指礼乐制度，春秋时期，礼崩乐坏，孔子以复兴礼乐为己任。现在，礼乐的托命之人有了生命之忧，或存或亡，都是上天的意思吧，哪里是匡人能左右的呢?

即使在如上的言辞里，朱子仍然看出了孔子的谦虚，因为这次是讲自己，所以“不曰道而曰文”。能在激荡的情绪里仍然保持克制，显现出深厚的修养，孔子的话就不应该仅仅成为后人仿效的底本，而应该作为衡量的标尺，时常用来检验我们自身。

但从人世识真空

数日前，蒙东君兄雅意，获赠其参编之《南怀瑾故园书》（中华书局，2013 年 9 月）。书收南先生致故乡乐清亲友信札五十余通，精装八开。内文分上、下两栏，下为书信原件影印，上为原信释读。一册在手，既可赏南先生之书法，又能见其胸襟抱负，悦目愉心，快意无比。

南先生少小离家，此后终生再未归乡居住。开始写这些信的时候，又值流寓美国期间，不特离乡日远，且复面对异文异种，“远适异国，昔人所悲之苦也”。虽以南先生之修养学问，不至无端歌哭，思乡之情，却也不时流露：“忘情，人之所难，我虽学佛学道多年，但念旧之情，依然如故，思之，又为自怜而且自笑。”坐思起行，南先生希望通过自己的作为，为故园尽绵薄之力——即便早知会遇到各种障碍：“因为我生于斯，长于斯，且我在外数十年流离困苦，对于人情险巇，世态多变，统统了如指掌。但我仍愿为之，只有一念，我生身于此地，在我有生之年，能使此地兴旺，使后代多福，便了我愿矣！”

爱乡邦，且敬乡贤，为出版曾短期受业的朱复戡先生之诗集，南先生从筹划到校对，事无巨细，均尽心尽力。与朱先生哲嗣之信，几乎每封必提此事，并嘱对复戡先生诗，以存旧存真为是，不必强自改动：“有些句子及字，似不必改，见仁见智，都无所谓，仅存真可也……我个性素不拘小节，但存旧存真便好。”此为尊重先贤之意，也不妨看成整理古人作品的通例，存真存旧，既保前人原貌，又供后世有心者从容含玩，即便整理者看来的俗字劣词，后来天赋异秉者读出另外深意，也未可知。

“有自也而可，有自也而不可；有自也而然，有自也而不然。”自古贤圣，皆有其自，乡情无时或忘，处世则不带风土。南先生于前贤尊敬有加，却并不将印书之事当作一己之私，而是失弓得弓，放眼人世：“吾辈为先人出书，志在广布世间，俾能留传后世，天下事天下人做，天下书天下人读，何必斤斤计较于乡土一隅而已。”南先生也常劝老友，眼光不必短短限见目前，而应对世事与文化有所远见。“天下事未有始终不变者”，“不出数年，中国传统文化，亦势必恢复（当然，另有一番面目）”。时当20世纪80年代末，常有人对南先生说：“不准早死，应为复兴文化而留形住世。”南先生也笑着回应：“为了中国文化，我亦暂时没有死的自由。”

如今一谈文化，仿佛全是书生之事。在南先生看来，“千古文人，大都不谙世故”，欲凭此辈复兴文化，恐难实现。更何况除文化外，南先生拳拳眷眷，心系国家教育、交通诸事。其志其心，在于世有益，不在成一书生，“且我平日，亦极少作诗，盖留心经世，绝少情怀也”。偶有所作，便感叹自己“慧业之难除也”。然而善念进入世界，艰难崎岖，绝非袖手者能知，故南先生常感慨：“弟在外处世经事五十余年，狂风巨浪，久经危机，深谙进退。《晋策》有言‘某之在外十九年，辛苦艰难备尝之矣，人之情伪备知之矣’。”即便如此，有所担荷者迎难而上，以无逸事忧烦，“亦时惕厉咎，不敢过于放逸也”。

1986年，南先生曾有诗，“辗转清溪滚滚流”。此后，南先生在信中言及此诗：“因心感太苦，故易为‘婉转’及‘缓缓’字样。谁知于去冬耶诞节前夕，竟于此溪桥头山洪暴发时，丧我一至为得力学生（朱文光），乃知心之所感，果然不虚，岂不可畏也耶！”朱文光去世，南先生痛失臂膀，更增忧劳：“自去冬迄今，因门人朱文光事件之后，公私内外巨细诸务，叠至纷来，分劳乏人。又加其他国家以及台湾各地学术往来相访，络绎不绝，穷于应付……又须每日讲课，每晚讨论会等，不胜其烦。”

稼轩词谓：“此身忘世真容易，欲世相忘却大难。”南先生既留心经世，物积于所好，诸事猬集，必然难免。然因心之所系大，故能有所排解，有所振拔：“人生，利己是没有用的，利世利人是应该的”，“我亦年迈，常在身心煎熬中过日子，只是能忘身忘生为人谋，为国谋，尽此微躯，不计成败而已”。及对于其各种行为的质疑问难，南先生直言：“自弱冠及今垂暮之年，誉满天下，毫不动心。毁随名高，亦从不在念”，所行“理所当然，义所当为，力之能及，顺手而作，何有于我哉？”将此心放在人世，忘一己之身，便烦恼也成功业，诚如其诗所言：“事业名山道不穷，更无妄想念真空。只缘一会灵山后，又堕慈悲烦恼中。”

以慈悲心应世，也无法期待世界给予必然的顺利。相反，烦恼缺憾本是人生之常，“佛说‘娑婆世界’即为多有缺憾之意”。因而，南先生主张，“此时此地凡事不必预筹为妙”，万事不妨待时而动：“天下事各有因缘定数，如时节因缘不到，急亦无益。”即如打坐，也不可操之过急："静坐气路问题，须切记一原则。任其天然，便无走火入魔之虑。如有通不过处，必任其天然。渐渐必通，切勿助一苗之长为要。"

"等身著作还天地，拱手园林让后贤，以此而报生于此土长于此土之德，而无余无负。从今以后，成败兴废，皆非所计。"南先生以出世之心，高高山头立而深深海底行，所行无非世间事而无所贪恋。他期望的是"愿天常生好人，愿人常做好事"，嘱咐后人的是"老老实实读书，规规矩矩做人"。这多有缺憾的世间，既是修行人勉强居停的污秽之所，也是必须置身的熔炼之炉，舍此，则所谓大道，仍不免是小径——"八十年来唯一事，但从人世识真空"。

《读书纪闻》抄

在现今的读书人里，读书广、腹笥厚，文章又写得端庄雅致的，并不多见，吕大年算是一位。遗憾的是，吕先生吝啬笔墨，能读到的，不过是前几年一本薄薄的《替人读书》，再就是眼下这本《读书纪闻》了。仍然是笺笺小册，总共收文五篇，除关于《〈通鉴〉胡注及其他》的一篇，均与作者留心日久的“人文主义”有关。我最感兴趣的是其中的《人文主义者论教育》。

此文是读同题书的笔记，原著收有四篇15世纪意大利人文主义者的文章，拉丁文和英译对照。笔记选介了其中的三篇劝学长文，内容皆是教导后辈如何养成为人处世的格调和风度，凡需引用，翻译即由吕先生自任。我说感兴趣，并不是自己对此文有什么话要讲，而是觉得其中很多言论，今天读来仍然深富启发，愿意抄下来与人分享。

决意抄，还因为在介绍三个作者为什么连篇复述古人的文字时，文中讲到了原因："印刷术发明、推广之前，许多在今天属于书籍、词典的功能，要由人来担当。三篇文章作于1400年至1460年之间，古典知识大都储备于个人，古人的思想、事迹，尤其是著作里的文字，复述一回，就等于传布一回，复述再三则传布再三，并不是劳而无功的事情。"今非昔比，出版印刷早已泛滥，仿佛用不着再通过复述来传播了。但泛滥也有弊端，很多好文字会湮没在嚣烦里，那么，抄一遍也不是多余的吧。

选介的三篇文章都谈到拉丁文的启蒙教育，其中一篇说：

不仅高年级的艰深课程应由最好的教师传授，基础知识也应如此；讲授的书籍也不可任意选择，而应是大家之作。马其顿国王腓力浦要亚里士多德教亚历山大识字；古罗马人的子弟入学开蒙即读维吉尔。两者都是明智之举。

不是每个人都有亚历山大那样的运气，无论哪个时代，对任何学习来说，遇到最好老师的概率都极低，能做的，大概只能是“以特有的小心（with the proper care）研读最伟大的心灵留下的伟大的书”。“在这种研读中，较有经验的学生帮助经验较少的学生，包括初学者”，阅读水准有保证，眼界不断提高，哪一天心灵福至，能够帮助我们的较有经验者，或许会在不经意间出现。

一段时间以来，我对某一领域的书籍比较关注。偶然的际遇，我有机会见到这一领域素所敬仰的一位老先生，并可以当面请教。为了准备这次见面，我整晚辗转反侧，试图找出一点独特的心得。数点完毕，不过一两个问题而已——我就此知道了自己这方面的程度。见面时，问题开启了话题，此后主要听老先生谈逸事，说掌故。匆匆一晤，回来再读他的书，老先生的举手投足就浮现在眼前，他那特别的讲话方式也不断在耳边回响，阅读的收获比以往丰富得多。

前面一段话没有引完，被我打了个岔。文中要说的，主要是下面的意思：

幼年所学，根植必深，日后去除也不容易，如果开蒙之初即熟记嘉言懿行，学生会终生遵从，奉为师表。反之，如果开蒙所教有误，之后则须花费双倍的功夫：先要根除谬误，然后再教授真知。蒂莫西是古代著名的音乐家，因为在西塔拉琴上加设琴弦并且提倡新的弹奏法，被迫离开斯巴达。他教琴，学生如果以前跟别人学过，收取的学费比没学过琴的学生要多一倍。

无独有偶，宋代陈旸的《乐书》里，也记载了一个音乐家的故事。康昆仑善琵琶，号“第一手”。唐德宗称美，段善本却不以为然，说他“本领何杂，兼带邪声”。康昆仑叹服，德宗欲令从学，段善本却说：“且请昆仑不近乐器十数年，使忘其本领，然后可教。”当然，康昆仑不负所望，“后果穷段师之艺矣”。较之蒂莫西的故事，“昆仑琵琶”更近传奇，但二者都说到旧习难除，提示教育不能不慎始。

写到这里，忽然想起大学时学人作文，完成后自己检查，发现满篇教材腔，不禁冷汗淋漓，不知自己该如何收拾起。后来读到爱因斯坦引过的一句话，才获得一点隔了岁月的小小安慰：“如果人们忘掉了他们在学校里学到的每一样东西，留下来的就是教育。”

越过数页，又有一段文字谈到读书：

如果以为自己的学问将来无须证明，读书就会粗心马虎，不求甚解……如果想到当下所学就是来日所教，经眼的文字就不会有一处不留意，一处不推敲。每一件可能被问到的事情，他都会先跟自己商量一遍，尽力议论出一个究竟。要是能够对人讲解自己听过的课程，作为练习，则是最好不过。正如昆体良所说，教授你学到的东西，是最快的进步途径。

有一个问题大概用不着强调，这里所说的读书，当然是指读各类经典。古人没那么迂腐，不会真的以为任何字纸都值得反复研读。勾起我兴致的是文章里倡导的以教律读。《学记》曰："教学相长也。《兑命》曰：'敩学半'，其此之谓乎。"张文江老师这样解说，"教师一半是教，一半是学，学生一半靠旁人教，一半靠自己学，这就是'敩学半'。在教学的两方面中，教的主导在学，学的主导在教。好的教师永远把自己当学生，而学问的有些至深之处，只有当了教师才能学会"。15 世纪的人文学者，居然把"教"前置到了学习过程中，比较罕见，似乎可以作为《学记》这段话一个拓展性的补充。

书里有一篇《佩皮斯这个人》，介绍那个在日记里坦白无隐的老伦敦，很有味道。临近文末，交待《佩皮斯传》的作者克莱尔·汤姆林（Claire Tomalin），只寥寥几笔，一半篇幅却是：“（她的）丈夫叫迈克尔·弗莱恩（Michael Frayn），剧作家。他的话剧《哥本哈根》，译成汉语，已在北京多次上演，也非常好，值得一看。”这个剧名平实的作品讲了些什么，下笔不苟的吕先生竟如此揄扬？

1941年，海森伯访问被德国占领的丹麦首都哥本哈根，并与玻尔会面。其时二战正酣，核裂变应用于军事的可能，早就成为战争双方的关注焦点。玻尔和海森伯的研究领域与此密切相关，却分属两造，海森伯甚至还是其中一方的首要人物。在如此微妙的形势下，这对物理界的名师高徒，究竟在会面中谈了些什么，一直众说纷纭。弗莱恩的话剧给出的是他对谈话内容的猜测。据我所知，《哥本哈根》有两种汉译，较早单行的戈革译本印制有限，颇难寻觅，多年前，我曾专门跑到出版社的门市部购买。这次想找出来翻翻，却遍寻不获。只记得当年阅读的时候，曾感受到简劲对话背后波澜壮阔的历史消息，内心激荡不已。

与自己保持文明的距离

河神刻菲索斯娶水泽女神利里俄珀为妻，诞下那喀索斯（Narcissus）。父母去求神谕，想知道孩子将来的命运，神谕说："不可使他认识自己。"长大的那喀索斯成为美少年，鄙视别人，独来独往，只有仙女厄科（Echo，回声）终日相随。偶见清泉中的倒影，那喀索斯认识了自己的美，爱上泉水中自己的影子，最后忧郁而逝。

弗朗西斯·培根曾在一篇文章中分析这一形象，说有些人“不费吹灰之力从自然那里获得了美貌或其他天赋，导致了他们的自恋”。他们“通常不适于从事公共事务……活动的小圈子仅限于忠实自己的崇拜者，后者对他们的一切话像回声一样一呼百应。天长日久，这种生活习惯逐渐败坏了他们的心灵，使他们变得趾高气扬，忘乎所以，最后完全沉浸于自我欣赏”。不妨这么说，陆建德《自我的风景》（花城出版社，2015 年 3 月版）中收入的关于中西文学的随笔，主要针对的就是写作中的那喀索斯，或者那种被称为自恋的现象。

书中所引萨缪尔·贝克特的自我描画，简直是那喀索斯如假包换的现代变形。贝克特 1935 年写信给自己的朋友，说自从中学毕业进入都柏林三一学院，他就刻意表现自己的“痛苦、孤僻、冷漠、嘲笑”，以此展示自己智识上的优越，确保自己傲慢的与众不同感。“如果不是心脏病让我担心死去，我还会继续喝着酒嗤笑一切，一边消磨时间，只觉得自己太棒了，没有别的事可干”。这种不断自我确认的心理暗示，会让人在判断自己时失去应有的分寸，无视现实，欺瞒围观者，但首先是欺骗自己。这几乎是天赋优异者最无法抵挡的诱惑，像 T.S. 艾略特说的："谦卑是一切美德中最难获得的；没有任何东西比自我的积极评价的愿望（the desire to think well of oneself）更难克服。"有鉴于此，陆建德提醒写作者，应该与自己保持一种文明的距离，从而可以超然独立地观察甚至检讨自身。

没有这种文明的距离，过度沉浸于自我欣赏，写作便容易过甚其辞，甚至会在对外界的判断上失掉应有的分寸，把自己想象成一个受迫害者，"受害者的感觉往往是自恋的特许和自我肯定的仪式，但是它也是自我认知的最大障碍"。就像罗素在《幸福之路》中说的，把自己想象成受害者，往往是"假定一切人都会放弃自己的爱好兴趣，一门心思地要陷害他"。可这些想象差不多只表明，这个人把自己看得太重要了，因而臆想出诸多受迫害的场景满足自己的虚荣心，其实，他哪里值得人们如此关注和惦念呢？

在某些历史情境下，受迫害心理会发展为"受害者的荣耀"——"假如受迫害是一种资本和荣耀，那自然会有很多人去奋力争取，有时候连排队也顾不上”。那种并非出于内心的勇气和自由而表现出的受迫害姿态，很可能只是“有意讨好一个在暗中已经在准备的审判法庭”，因为“受害者其实可以与人人敬仰的英雄相提并论。正是受害者的诸多惬意之处，因此总有许多人渴望受害者的地位”。讲述自己（甚至代人讲述）受迫害的故事，很可能只是为了从讲述中获取最大的政治和生活利益。说白了，很多有意而为的受害者作品，只不过是新时代对历史的改写方式，是“根据流行的‘PC’（政治立场正确）意识而形成的程式化回忆套路”，并非真的深受其害。

不用说受迫害妄想了，即使那些一向被称为高尚的行为，也必须经过严格的自我检验才能成立。艾略特的《大教堂凶杀案》，写12世纪坎特伯雷大主教托马斯·贝克特殉教成仁的过程，但剧中始终存有疑问的是，托马斯是否最终屈从了封圣的诱惑，他的殉道意愿里有没有掺杂虚荣的动机？这是一个不容忽视的问题，因为“殉教或殉道的背后有着炫目的权力和受迫害者的荣光”，故此，“出于自私动机殉道是最大的罪恶”。出于自私的骄傲而殉道，显然是屈服于一种要当圣人的诱惑，可能让一个人成为“神圣的恶魔”。这或许就是书中反复援引乔治·奥威尔的话的用意：“所有圣人在能证明自己的清白之前都应判定有罪。”

柏拉图笔下的苏格拉底确信，世上没人自愿为恶，只有对恶缺乏认识的人。在这个意义上，没有对自我虚荣的认知，屈服于自恋式的高尚，就不仅仅是诱惑，甚至可能发展为罪孽。如加缪所言：“如果对高尚的行为过于夸张，最后会变成对罪恶的间接而有力的歌颂，因为这样做会使人设想，高尚的行为之所以可贵只是因为它们是罕见的，而恶毒和冷漠才是人们行为中常见得多的动力……世上的罪恶差不多总是由愚昧无知造成的。没有见识的善良愿望会同罪恶带来同样多的损害。”

过分突出社会的过错和善事的难得，很像是在鼓励一种抱怨的态度，甚者会引起恶劣的社会反应。好的作家必须意识到，即便他发出谴责之声，“背后也有一种建设性的、善的支撑。他的作品参与形成的舆论氛围产生了可观的压力，使整个社会同感改革的紧迫性”。

话说到这里，大概可以明白，那喀索斯式对公共事务的拒绝，正是自恋命题中的应有之义。陆建德在书中称引亚里士多德“人是政治的动物”，强调“政治”与“城邦”（polis）同源，指出“每个人都是城邦的产物，势必关心并参与城邦的事务”。脱离对公共事务的关注，像奥威尔说的那样，作品很容易失掉生机：“回顾我的作品，我发现在我缺乏政治目的的时候我写的书毫无例外地总是没有生命力的，结果写出来的是华而不实的空洞文章，尽是没有意义的句子、辞藻的堆砌和通篇的假话。”这里所谓的政治或公共事务，“指的是在所有研究领域中，研究政治最能使人有用于同胞；指的是在一切生活中，公共的政治需要做出最大的努力”。

认识到如上问题，为拆毁自己的骄傲进行严格的自我审查，以“特有的小心”（with proper care）对待公共事务，潜入事物，外在的一切将反哺于人，人或许会来到一个更为广阔的地带。

像卢克莱修，能“将其自身消失在对象中”，事物在他的诗中焕发出本身的光芒，我们读来，“仿佛不是在读一位诗人之诗(poetry),而是在读事物本身之诗。事物有它们自己的诗，不是因为我们将它们变成什么东西的象征，而是因为它们自身的运动与生命”。

或者反其道而行，唤醒内心深处的沉睡地带，在认识自己的路上再勇敢一点，再迈进一步，束缚那喀索斯的神谕，说不定将变成解脱的秘语：

去拨弄污泥，去窥测根子，
去凝视泉水中的那喀索斯，他有双大眼睛，
都有伤成年人的自尊。
我写诗是为了认识自己，使黑暗发出回音。

如此探索自己的心灵禁区，是人向上的努力，大部分人并不情愿，但有人就这样勇敢地开始了自己的溯洄从之之路。勇于自我解剖的萨缪尔·贝克特意识到了自己的问题，直面以对，积极寻求心理治疗。后来，他大概听到了黑暗中传回的“纯洁的新乐音”，锁闭的心灵打开，一个傲慢自恋的年轻人，慢慢“变得善解人意，谦和大度，颇得圣徒待人之道”。

火传也，不知其尽也

——我从傅雷先生受益的点滴

1996 年，我刚入大学，一下子从县城的小书亭来到了售卖各种人文书籍的小书店，仿佛穷小子进了百宝堂，顾不上阮囊羞涩，可着自己的心意购置各种书刊来读。不知是不是因为这年恰逢傅雷先生辞世三十周年，反正那时书店里似乎陈放着各种版本的《傅雷家书》，便顺便买了一本。

大约是因为性情的易喜易怒与傅雷先生相似，我读

《傅雷家书》,遇到其中畅快果决的结论,往往激动不已。叹服之感生起，便不免常常拍击书桌，拍到忘情处，就忽视了下手的轻重，有时候手掌都会肿起来。现在想起《傅雷家书》，我仍会感到手掌隐隐发痛。记得当时还写过一篇关于此书的推介，在学校的广播电台里播了出来。许多年过去了，我早已不记得怒庵先生对傅聪的各类具体教导了，只那句经常出现在信中的“先做人，再做艺术家，最后做钢琴家”还时常回旋在脑际。

前些日子，偶然读到一个作家写给孩子的信，小心翼翼地跟孩子说着话，好像生怕自己哪里不对影响了孩子的心情，我忽然忆起傅雷先生在《傅雷家书》中的口吻。虽然信中也常有商量探讨，但那口吻，却完全是教训的，是一个过来人对后来者的指导，对孩子的拳拳眷眷，就藏在无数细小的指导中。不用说现在提倡平等教育的专家了，当年的老朋友施蛰存，就觉得傅雷的这个教育方式对孩子求之过苛：“他的家教如此之严，望子成龙的心情如此之热烈。他要把他的儿子塑造成符合他的理想的人物。这种家庭教育是相当危险的，没有几个人能成功，然而傅雷成功了。”这个意外的成功，让我们反过来思考现下倡导的平等与鼓励教育，或许未必是唯一的准则；指教或批评，也未必就陈腐乏味到必然失败——参差多态才是教育的本然。

记住了傅雷的名字，我便去图书馆索引，调出了馆中所藏傅雷译著的所有著作，一看之下，不免信心受挫。在学校那个藏书不富的图书馆里，傅雷的译文也有厚厚的十数卷，绝非数日可以尽读。于是，第二年暑假我便待在学校，把傅雷译文集调出来，一本本排头读来。因为学校靠近海边，宿舍里往往聚蚊成雷，我便不时把水洒在身上。身体变滑，蚊子便不易停住，免了不少蚊叮之苦。那个夏天，罗曼·罗兰、巴尔扎克、服尔德（伏尔泰）、梅里美，或庄严，或雄强，或机敏，或妖冶，仿佛变幻不置的法国风情，看也看不尽，叹也叹不足。

据说理想的翻译，该是如原作者用汉语写作一样，傅雷先生的译文，或许庶几近之。我读译文集的时候，便经常忘记自己是在读翻译，只觉得高老头、贝姨、葛朗台、嘉尔曼（卡门），以及一根筋样的老实人和天真汉，都生活在我们身边，如每天都觌面相见一般。全部读完傅译的巴尔扎克以后，我想一鼓作气把巴尔扎克的全集攻克，最先挑中的，是《驴皮记》。一读之下，不免大吃一惊，此前的流畅简练一变而为迟滞庞杂，匆匆翻过数页，便忙不迭地还给图书馆了。过了很多年，我从对傅雷译文的路径依赖中走出来后，才重新翻开了巴尔扎克的作品。

世事变幻，疾如箭矢。我读巴尔扎克的时候，他在中国，几乎已经从毫无疑问的大作家，跌落到小的大作家的程度，再过数年，就已经开始有人把他贬为大的小作家。2003 年左右，我偶尔读到一篇文章，不但为巴尔扎克不断下降的名望盖棺，连带还对傅雷先生产生质疑，意思是他选择不善，译了那么多不重要的作品，颇有点遇人不淑的意思。因为这个原因，我重温了一遍傅雷先生的译文，又把《巴尔扎克全集》翻览一过，写了一篇题为《褪色的巴尔扎克》的文章，期望能将巴尔扎克内里永不衰老的东西提示一二，也借机为那个最早识别出张爱玲的傅雷的眼光正正名。当然，这文章跟当年的大部分习作一样，都沉睡在电脑里，只有我自己知道曾有过这样一番意图。

我当然不会忘记那本装帧古朴大方的傅译《艺术哲学》。好像是刚在美学史课上讲到丹纳三要素论，我就在离学校二十多公里的一个专营人文学术的书店里买到了这本书，如获至宝，几乎用一天的时间就读完了。“种族、时代、环境”在我脑子里没留下什么印象，只觉得丹纳的讲授汩汩滔滔，有他那个时代独特的自信在里面。后来我偶尔阑入讲台，也会引用丹纳的话扮扮酷：“所谓教训归根结底只有两条：第一条是劝人要有天分，这是你们父母的事，与我无关；第二条是劝人努力用功，掌握技术，这是你们自己的事，也与我无关。”丹纳讲这话的时候，科学精神正如日中天，他还相信自己可以罗列事实，“说明这些事实如何产生”。到我引用这些的时候，那份自信早就消失了，差不多只够给自己的信口开河做个借口。

写这篇文章的数天前，我忽然因偶然的机缘，看到黄宾虹先生的一幅画，重重叠叠，愈转愈深，如见到画者胸中丘壑，其邃密处，非诸多名家作手可以望其项背。心下一惊的同时，我忽然想起，《傅雷家书》里好像常常提起黄宾虹，并有为其操办画展之事，一查，果然如此。于是便找出傅雷与黄宾虹的通信来读，“尊作《白云山苍苍》一长幅，笔简意繁，丘壑无穷，勾勒生辣中，尤饶妩媚之姿”。其中点出的，果然有“丘壑”二字。读毕通信，我从书架上找出傅雷谈论艺术的有关文字，及有关绘画评论的《艺术哲学》，决定再读一遍——我不知道我过去的阅读，究竟忽视了多少好东西。

“指穷于为薪，火传也，不知其尽也”。我当然绝不敢以傅雷先生传薪者自居，能够写下的，不过是自己受益的点点滴滴，并以此点滴，回向刚烈地走向另一个世界的怒庵先生。

若将飞而未翔

周末大雨，偏偏又头痛，只好躺着读阿城的新书（《洛书河图：文明的造型探源》，中华书局，2014 年出版）。书很大，又重，举着手酸，放在胸前，一会儿就发闷。无奈，把书平放床上，仄歪身子探头去看，看着看着，居然就忘了头痛。莫非这所谓的学术随笔，竟有止痛之效？

《导读》提示了书中要点，大可不必重复。挑要紧的讲，是创造性地释读出天极和天极神符形，并认为在冯时先生的研究基础上，揭开了素称难解的河图洛书之迷。河图的河，历来认为是黄河，书中却将其指为银河。虽然那帧鱼眼镜头拍摄的“苍龙（星象）出银河图”气象宏阔，乍看之下心着实紧跳了几下，但我对这种发前人未发之覆的大翻案文章，总归有点没来由的怀疑，即便讲这话的人是阿城。但真要跟这本书的学术观点较真，大概得有点考古学、天文学甚至易学的底子，起码也得接受过一点造型方面的专业训练，否则入主出奴，说对说错都羌无故实。如我这样的业余读者，只好老老实实承认是买椟还珠，屏蔽里面的学术考索，不客气地把此书当寓言来读。

现在的词语，差不多都如匪浣衣，在反复的使用过程中早就旧了、脏了，不淘洗一番，几乎没法继续使用。说把阿城的书当寓言读，就必须跟着声明，寓言不只是儿童读物或荒诞传说，还有《庄子》意义上的用法，读之可以扩胸怀，大心志，说不定还捎带有点治疗作用。

这本书，前面说了，与天文有关，时空数量级就显得较一般作品大。先不说其中远至银河系的空间范围，我大体统计了一下，书里写到的最早时间，不是春秋、商周，甚至也不是新石器时代，而是11万年前的最后一次冰期，最晚的时间，则是公元28000年。当然，这些数字还远远没法跟自然科学的更高时间量级相比，但在现今人文学科的书里，已属罕见。阿城并非凭空写下这些数字，后面有具体的天文、地质学基础，比如对岁差的认识。因为重力作用，“地轴并不是稳定不变的，它的指向会有微小的变化，就是所谓岁差”。岁差七十二年左右偏转一度，一个周期约26000年，变换期长，变化又极其微小，几乎不易觉察。一个人一生都未必能看到岁差的一度变化，更不用说看到岁差周期了。意识到地轴指向的恒定天极也会暗中变换，可以稍微去掉一点人的固执之心。对岁差有所体认，凭一己之力根本不够，必须要与古人记载呼吸相接，那时身心一振，嗨，“鹊桥俯视，人世微波”。

有点扯远了。长于想象的阿城，拿手本领当然不是这些数字，而在他能把再怎么缥缈无稽的写意、抽象、变形返回到具体——具体的用处、具体的情景、具体的问题。孔子回答仁，“能体会出每一个来问仁的人，都是带着不同的状态来的，因此针对来者的不同状态，做出适当的回答”。阿城对不同造型的解说，就像孔子对仁的回答，能还原出不同符形的具体来。书中最典型的一例，是对“虎食人卣”的释读。这个曾被李泽厚作为“狞厉美”典型的青铜器，阿城从当时哪些人能看到祭器入手，比对器身上的各种花纹，最后在卣的底部发现天极符形，从而辨识它的意思应是虎护佑着天极神（太一），跟虎食人没什么关系。有趣的是，仿佛嫌这个结论还不够坚实，在此节末页，居然别有用心地放了一张“猫科动物的典型护崽动作”，叼而不食，正与卣器上虎的动作相类。

很过瘾的是，阿城通篇讲解了屈原的《九歌·东皇太一》。凡诗中所涉的动作、饰品、花草、气味、乐器……都有具体用法或用途的解释。挑第四句吧：“奠桂酒兮椒浆。”“桂酒，椒浆，其实是加了迷幻材料而酿制的低度酒，饮后状态甚佳。桂和椒，都具轻微的迷幻作用。其实屈原提到过的植物和动物，都是为了通神用的，植物方面是致幻剂，在巫师的引导下，易通神”。坦白说，看了阿城的解释，我才觉出一点《九歌》的味道，此前除了冠冕的大话，哪里还知道别的什么？屈原那些如今看来过于秾丽、已显陈旧的文字，在阿城的讲解中重新开启，亮堂堂地走进了当下。然而，解得如此美妙，阿城却并不把《九歌》当成文学，觉得“当诗歌文学来解，浪费了……文学搞来搞去，古典传统现代先锋，始终受限于意味，意味是文学的主心骨。你们说这个东皇太一，只是一种意味吗？”夥颐，阿城不是小说家吗，竟如此看低文学？难道这些诗里还藏着更深的意蕴？

不用强调了吧，东皇太一就是阿城从各种造型中释读出的天极神。上诗第二句，“穆将愉兮上皇”。阿城解，“穆是恭敬的意思；愉兮上皇，上皇就是东皇太一，我们要恭敬地弄些娱乐让上帝高兴高兴……在巫的时代，是竭尽所能去媚神，因为是神，所以无论怎么媚，包括肉麻地媚，都算作恭敬。神没有了，尼采说上帝已死，转而媚俗，就不堪了，完蛋”。向来世俗气重的阿城，是要把诗或艺术高推到神境吗？或许是。“（陶器上的）旋转纹在幻觉中动起来的话，我们就会觉得一路上升，上升到当中的圆或黑洞那儿去，上升到新石器时代东亚人类崇拜的地方去，北天极？某星宿？总之，神在那里，祖先在那里”。阿城早就认定，艺术起源于幻象。产生幻象需要诱因，所以阿城强调具体，不主张玄解。又因为幻象可以直通神明，能安慰劳苦，纾解郁塞，所以不止于专注意味的文学。阿城在这本书中仿佛用足力气往高处走，即如《论语》中反复讨论的“仁”，他认为在孔子那里也不过是个起点，艺术状态的“吾与点也”，才是孔子的志向所在，“孔子在这里无异于说，你们跟我学了这么久，不可将仁啊礼啊当作志，那些还都是手段，可操作，可执行，也需要学啊修啊养啊，也可成为某些范畴、某些阶段的标志，但志的终极，是达到自由状态”。孔子的所谓“七十而从心所欲，不逾矩”，标示的就是这个自由状态，阿城很坚决地说。

对志的终极状态的认真态度，让向来含多吐少的阿城罕见地说了重话：“其实追求虚荣等都不是什么罪过，最终也是火葬烧成骨灰还算一生圆满，不在乎内心是否达到自由状态。如果你们的志向是这样，上面的算我白说。”话说到这份儿上，要在终极的地方开始提问，即便不显得无知，也不免煞风景，不过问还是要问——通过幻象获致的自由状态，真的可以澡雪精神、安顿身心？那些幻象中绚烂夺目的一切，不更衬出世间的一地鸡毛？醒来后的失望怎么解决？慨叹“但愿长醉不复醒”，还是苦等下一次幻象出现？

这么问下去，最后会有些无聊，我的头又痛了，就此打住，还是来听阿城讲《洛神赋》，醒神。一篇长赋只不过讲了两句，第二句是“若将飞而未翔”。“你们看水边的鸟，一边快跑一边扇翅膀，之后双翅放平，飞起来了。将飞，是双翅扇动开始放平，双爪还在地上跑；飞而未翔，是身体刚刚离开地面，之后才是翔。这个转换的临界状态最动人”。阿城这本书，动人的地方，是否正在于讲艺术时这种乍离俗世，即将往更高更远处去，却又没有完全离开的“若将飞而未翔”状态呢？说不明白，只好在脑子里慢慢想着这只鸟，翔而远举的它，会是“培风，背负青天……而后乃今将图南”的吗？

第二辑

成长观

"我从来没有觉得你有才能"

日剧《胜者即是正义》（*Legal High*）第二季第七话讲了三个故事，其中一个涉及两代漫画家。宇都宫仁平是功成名就的天才动漫大师，创办了小春日和工作室。这工作室远非其名字所示那样温暖和煦，宇都宫像是残忍苛刻的奴隶主、夜半鸡叫的周扒皮，对员工兼学徒严厉到不近人情的程度。年轻画家穗积孝不堪重负，终致神经错乱，无法再拿起绘画的铅笔。以 Love & Peace 标榜的律师羽生晴树协助穗积孝把宇都宫告上法庭，而宇都宫的辩护人，正是该剧主角古美门研介。

堺雅人扮演的律师古美门几乎专为坏人辩护，他争强好胜，雄辩滔滔，贪财好色，爱虚荣，爱美食，爱游艇，爱一切天真汉和老实人看来不体面的东西。这样的性格，跟同情弱者、强调双赢的羽生团队两军对垒，好玩的就不只是单纯的胜负之争，官司的输赢还撕扯着他们各自的价值观。羽生一方为了鼓起穗积的信心，要求宇都宫赔偿医疗费和精神损失，并向其道歉。古美门按自己的行事原则，坚称宇都宫没有任何违法行为，不能给愚蠢和无能者额外的补偿。故事到这里，延续的是第二季一贯的主题，宣称人性本善、企望人间充满爱与和平的羽生一方不但经常在法庭上处于优势，还占据着道德的制高点。

羽生方的道德优势，在穗积上庭的时候表现得更为明显。略微恢复常态的穗积淡化了经济赔偿，转而强调宇都宫缺乏常识，他的苛刻摧毁了年轻一代对动漫世界的希望，需要郑重道歉。古美门反问："你要求天才有常识吗？"人们应该从达·芬奇、梵高、毕加索、葛饰北斋、手冢治虫那里寻求常识吗？“要想在天才手下工作，就要有受地狱煎熬的觉悟”，否则就应该及早离开。宇都宫“虽然没有常识，举止粗鲁，以自我为中心，却能创作出被人类视为至宝的作品”。这是天才的地盘，容不下普通人的抱怨。古美门此时已把案件的焦点从压榨者和被压榨者的纠纷引向了天才与庸人的对峙，翻转几乎已成定局。可是，辩论至此，道德的优势仍然在羽生和穗积手上——再多为天才辩护的理由也不能掩盖一个普通人的凄惨遭遇不是吗？

宇都宫的回应也极为强势。对穗积，他认为自己只是做了“理所应当做的事情”，他“只会那么教人”，如果这点强度的苛刻都忍受不了，穗积就应该趁早另寻出路。古美门变本加厉，强调小春日和工作室虽然后继乏人，宇都宫却依然坚持严厉的培养手段，是因为“不温不火的教育方式，是无法培养出想要的继承者的”。接下来，宇都宫说了一段非常动情的话：“削铅笔，画画，再削铅笔，每当看到逐渐变短的铅笔，我就感到自己的生命在逐渐消逝。动画的制作就是这样。”古美门和宇都宫联手展示了天才斩截的人生态度，也以其硬朗洞穿了羽生温情脉脉的伦理期待，把穗积从道德的高台上驱赶下来，变成了不求进步的废人。案件的道德翻转也已完成，这个故事还有能量继续下去吗？

从古美门事务所“叛逃”到羽生一方的黛真知子出场，再次把双方的争辩引向另一个方向。她对宇都宫说：“说穗积先生是你泄愤的牺牲品，这种说法不对吧……你并不是对谁都百般刁难，而是专挑那些能发出与众不同之光的人故意给了他们考验吧。你相信穗积先生是跟你的得意门生细川和梅田一样与众不同的人才，才对他比谁都苛刻。”黛真知子的话展现了羽生一方的理想，他们的目标不只是官司的输赢，而是要在解决纠纷的过程中提醒每个人改进自我的可能：“但是人并没有那么强大，最终是你自己将有可能背负工作室未来的才能摧毁了。你做错了，为什么不肯对他说一句，你很有才能，我看好你。不说出来是无法传达给对方的。导演，你应该向穗积先生道歉。”黛真知子倾心的方式，不就是现代教育中特别强调的表扬鼓励原则吗？宇都宫只要向穗积道歉，故事的结局将非常完满——他自己脱离官司且赢得爱才的美名，穗积重拾自信，羽生和真知子也能实现 Love & Peace 的双赢主张。

这差不多是嗜好大团圆的喜剧所能期望的最佳结尾了。可不管干什么，日本人仿佛都甩不掉他们身上那股略显笨拙的认真劲，这个认真劲有时会让故事在本该结束的地方又翻出一层。现在，这翻出的一层借宇都宫之口说了出来：“穗积，我要告诉你我的真实想法。我……从来没有觉得你有才能。”

这是真心话！细川和梅田也一样。在我看来，你们通通没有才能，一个个都是笨蛋！才能这种东西，本来就是该靠自己挖掘创造的。我也不是什么天才，我只是比任何人都拼命工作，一步一个脚印走过来了。等我回头一看，背后没有一个身影。那帮懒惰的人在山脚唠叨，“谁叫那家伙是天才”。开什么玩笑！我最讨厌优哉游哉长大的慢性子！比我有时间、有精力、感情丰富的人，为什么比我懒惰？那就给我啊！要把这些都浪费掉的话，就通通给我！我还有很多要创造的东西。给我啊！

在这番话刺激下，穗积愤而拿起铅笔画了起来："说我没有才能？你做的动画都过时了，我马上就超过你。国王的名号归我了，我会创造一个比你的更高大的金字塔！别小看我们悠闲一代！所以，在那之前你不准退隐。"宇都宫探头看了一眼穗积的画，一直严肃的脸微微显出点笑容："我讨厌慢性子，不过更讨厌虚张声势、不知天高地厚的家伙。"然后冲法官一鞠躬，对古美门一点头，离开了法庭。宇都宫缓慢而沉着的动作，仿佛为这个最后出现的关于才能确认的问题盖上了封印。只是他的微笑还不够严谨，先期透露了一点肯定的消息。

咔　嗒

读过杨绛在《回忆我的父亲》里的一段文字，不知道是不是很多人怅然若失。有一段时间，杨绛无法辨别平仄声，饱读诗书的父亲给她安慰或教导曰：“不要紧，到时候自然会懂。”后来，“我果然四声都能分辨了”。不是每个人都有杨绛这样的福气，在需要的时候恰好有合适的引路人。不巧如我，在知道自己无法分辨平仄声后徘徊了一段时间，因为无人可问，只好不太情愿地放弃了学写古诗的打算。又何止是平仄，大部分人仿佛天生就会的某些东西，偏就非常莫名地卡住少数一些人，要到时过境迁之后，他们才学会那个早就该会的什么，或者更无奈地终生与此无缘。不怎么走运的唐诺，在一本关于阅读的书里还忍不住感叹："终于学会了棒球的正确打击要领，是在离开小学棒球队的三十几年之后；终于掌握到如何使用手腕准确投篮也是在离开高中挥汗斗牛的整整二十五年后——所以我们会期盼时光倒流，或至少有时光隧道可回到当时。"

球迷唐诺或许大可不必如此耿耿于怀，不用说世上还有像我这样打了二十年篮球也没学会用手腕的业余爱好者，NBA 那些鼎鼎大名的中锋，除了姚明这样罚球好过后卫的奇观，从张伯伦到奥尼尔再到喜欢披超人斗篷的霍华德，不也从没学会这项本领吗？否则也不会有臭名昭著的"砍鲨战术"（hack-a-Shaq）了是不是？那个没学会棒球打击要领的还叫谢材俊的唐诺，不也是棒球队的成员吗？技术拙劣如我，不仍然可以在球场上疯跑有时还能战而胜之吗？如此说来，在学会那些几乎是必须掌握的关键技术之前，我们已经在半生不熟地使用它们，只是没能从心所欲，跟那些手段超群的高手之间隔着一条技术的鸿沟而已。不过，话说回来，这个结论下得有些过于坚决，肯定忽略了一些重要的东西，比如这条鸿沟，可能不只是技术那么简单。

彼得·德鲁克在他的自传《旁观者》中讲过一个故事。十二岁那年，他误打误撞地听过一次音乐家施纳贝尔的教学课，受教的是一个十四岁的小姑娘。坚称自己音乐鉴赏力不够好的德鲁克，也听出那女孩的技巧已非常高深。然而，女孩弹完两首曲子之后，施纳贝尔却说："你弹得好极了，但是，你并没有把耳朵真正听到的弹出来。你弹的是你'自以为'听到的。但是，那是假的。这一点我听得出来，观众也听得出来……我无法弹你听到的东西，我不会照你的方式弹，因为没有人能听到你所听到的。"随后，施纳贝尔示范了他自己真正听到的是什么。小女孩开窍了，一种松弛之后的、更为准确的美展现出来，"这次她表现的技巧并不像以前那样令人炫目，就像一个十四岁的孩子弹的那般，有天真的味道，而且更令人动容"。

这个故事让我意外发现，在技术娴熟的演奏者和真正的高手之间，还有一次甚至多次轻微的调整。能够识别平仄，明白打击要领，会用手腕投篮，都是这类轻微的调整，虽然尚属较初级的序列。这调整与技术有关，却不完全是关于技术的，而是与一个人的整体身心状况有关。不经过多次这样的调整，再娴熟的演奏者也只是匠人，进入不了顶尖高手的行列，最多赢得附庸风雅者的赞叹，却得不到行家的青眼。身历过这一调整的人，会明明朗朗地踏实起来，身心振拔，就像那个弹钢琴的十四岁小女孩，不再炫目，却令人动容。其实何止小女孩，即使饱学如钱穆，也会有这样的调整时刻。在生平最后一篇文章的开头，钱穆写道：“‘天人合一’观，虽是我早年已屡次讲到，唯到最近始澈悟此一观念实是整个中国传统文化思想之归宿处。去年九月，我赴港参加新亚书院创校四十周年庆典，因行动不便，在港数日，常留旅社中，因有所感而思及此。数日中，专一玩味此一观念，而有澈悟，心中快慰，难以言述。”

除了少数生而知之的超级天才，一个人在某一领域真积力久之后，大概都会有个阶段觉得对这个领域的事情什么都懂、什么都会了，却总有一丝隐隐的不安，是什么都做了却偏偏忘掉一件大事的那种不安。昼思夜想之际，或经人指点，或心灵福至，突然心念一动，所有此前小小的参差之处都轻微挪动了位置，每一处都妥妥帖帖地对准了，一个境界豁朗朗显现出来，那丝隐隐的不安也即告消失。怎么比方呢？就像钥匙对准了锁孔，跟着轻轻一转的感觉——或者像诗人多多说的那样，听到咔嗒一声轻响。

大约十年前，我听过多多的一次演讲，他说他之所以不停地改自己的诗，是因为始终无法对这些诗满意。“那什么时候你才知道某首诗已经改定了呢？”忘了是不是一个漂亮女生，这样怯怯地问。“改着改着，在某个时刻，你会听到轻微却清晰的一声咔嗒，那是盒子严严实实地盖上的声音，这时你就知道这首诗真正完成了。”据说非常严厉的多多和善地回答。哦，原来如此，那个弹出了自己听到的音乐的小女孩，那心下快慰不已的晚年钱穆，当时在内心深处听到的，就是这轻微的咔嗒声吧。

几乎可以断定，不是世俗的夸耀和奖赏，而是这有约不来却常常不期而至的咔嗒声，才能把人的勤苦化为甘霖，真真实实地洗掉了属人的尘劳。不过这声音远不是一劳永逸的奖赏，它是一个小小的休止符，更是一条新路的踏实起点，激励人不断向上。前面提到的那个弹琴女孩，如果有机会隔空拜会古琴的一代宗师张子谦，即便已经能够弹奏自己听到的音乐，得到的大概也不会只是赞许，而是如下的话："弹琴与人听，固不足言弹琴。及同志少集，仅供研究，亦不足言弹琴。至我弹与我听，庶乎可言矣。然仍不如我虽弹，我并不听，手挥目送，纯任自然，随气流转，不自知其然而然。斯臻化境矣，斯可言弹琴矣。"

四首诗，一个成长故事

在《阿莱夫》一书中，保罗·柯艾略讲了个自己的故事。他孩童时代一度迷恋铁匠工作，经常坐着看铁匠手中的锤子砸向滚烫的钢铁。有一次，铁匠问他："你认为我一直在做同样的事吗？""是的。""你错了。每一次锤子落下的时候，敲击的强度都是不一样的。有些时候重，有些时候轻。我也是在将这个动作重复了很多年之后才学到这一点的。直到有一天，我已经不需要思考了，只是让双手来引导我的工作。"

这个故事，让我想到韩东的《弧光》，很短，只有四行：

一个坐着出汗的人，同时看见
下面店铺内的弧光
他看见干活的人
每个动作都在他的思想前面

柯艾略的故事要说的是，“训练与重复，能让你学习的这门手艺变成你的一种直觉”。韩东的诗里，“坐着出汗”的人看到，熟练动作带来的直觉，先于头脑对行动的指挥，是最快抵达世界的方式。《弹琴总诀》曰：“弹琴之法，必须简静，非谓人静，乃其指静。”所谓“指静”，就是动作在思想之先的迅捷之路吧。出汗人看到的，是他真正属于自己的发现，这发现标志着成长的开始，也是成长的真实动力。那明亮的“弧光”，或许正是这发现带来的。在发现之光的照耀下，一个人切切实实地成长，而这个成长的过程，会不会像韩东写下的《铁匠》？

他是铁匠师傅的徒弟
年轻的肺鼓动着风箱
他呼吸，火焰也随之抖动
待师傅用火钳钳住他的心
放在了膝盖的铁石上

“还是一块废铁，
看不出未来的形状。”
徒弟离开风箱，提起大锤
师傅的小锤也从不离手
轻点在大锤将要落下的地方

徒弟精力弥满，呼吸足以吹动火焰。但这青春本具的光彩，并不天然是成才的保证。老铁匠冷静而理智，他的话既是对真实的铁块，也巧妙地指向徒弟。目前徒弟跟一块废铁相似，他的未来要从跟随师傅的小锤落下大锤的训练开始，在锻造过程中渐渐呈现。师徒的表现，只暗示一种可能，不许诺，也不否定，而成长的样子，就藏在一次次轻重不同的敲击动作中。

经历无数次阶段性成长，小铁匠或许会变成老铁匠，或许会铸成一把重剑，也或许会长成一棵树，一棵没有叶子的树，像韩东《西蒙娜·薇依》写的那样：

要长成一棵没有叶子的树
为了向上，不浪费精力
为了最后的果实而不开花
为了开花不要结被动物吃掉的果子
不要强壮，要向上长
弯曲和节疤都是毫无必要的
这是一棵多么可怕的树啊
没有鸟儿筑巢，也没有虫蚁
它否定了树
却成了唯一不朽的树

不是每个人都愿意长成这样一棵没有叶子的树，但这棵不停向上的树，最终活到了变动不居的世界之外，像任何不朽一样，得以免于时间飞镰的不停砍削。没有人能预先知道自己能否长成一棵不朽之树，一个成长的人所能做的，大概也只是不停向上，不断学习“重新做人”，把自己的成长故事好好讲下去：

无数次经过一个地方
那地方就变小了
街边的墙变成了家里的墙
树木像巨大的盆景

第一次是一个例外
曾目睹生活的洪流
在回忆中它变轻变薄
如一张飘扬的纸片

所以你要走遍这个世界

在景物变得陈旧以前
所以你要及时离开
学习重新做人

——韩东《重新做人》

附：

《野人摄影师》：

感觉就像一个野人
又黑又瘦又小
只穿一件衣服
像块布
赤脚亲近草地
爬梯子就像爬树
手中的机器属于现代文明
眼神却来自远古
因此才有了和你们不一样的作品

普鲁斯特的书房

即将离开学校的一个冬夜，偶尔翻开《追寻逝去的时光》第一卷。我很快被这本传说中沉闷冗长的作品吸引了进去，伴着呼啸的风声，读了整整一个晚上。极度敏感的普鲁斯特几乎摄取了生活之流的全部信息，并用细密绵延的文字无漏无余地展现了出来。这次阅读经验让我确信，有一类天才不需要经过常人必经的学习时代，可以免去阅读阶段，不用身历写作的阵痛，只要把自己感受到的写出来，就是伟大的著作了。

未经检验的确信毕竟是靠不住的。安卡·穆斯坦的《普鲁斯特的个人书房》（邓伯宸译，立旭文化事业有限公司，2013年2月出版）表明，我上面的猜测不过是出于无知，毫无疑问，《追寻逝去的时光》的作者是个勤奋的阅读者。

在《书房一角》的序里，周作人说："从前有人说过，自己的书斋不可给人家看见，因为这是危险的事，怕被看去了自己的心思。这话是颇有几分道理的，一个人做文章，说好听话，都并不难，只一看他所读的书，至少便掂出一点斤两来了。"照这个说法，未经邀请去参观别人的书房，便略有窥探隐私的嫌疑，不免显得冒失。或许西方人不太有这样曲折委婉的心思，或许安卡·穆斯坦觉得《追寻逝去的时光》的作者斤两够重，书斋够大，用不着这么小心翼翼地忌讳，反正，她不但窥视了普鲁斯特的书斋一角，还把探寻的结果写成了一本书。

据尼采说，柏拉图枕头底下放着的不是哲学坟典，也非悲剧名篇，而是阿里斯托芬的喜剧。如此别有会心的发现，逼迫我们重新审视心目中早已定型的、眉头深锁的柏拉图形象，并借机检验自身的盲点。既然安卡·穆斯坦立意掀开普鲁斯特的书房一角，不管其动机如何，我们当然期待她能有尼采那样的“魔眼”，带我们看看《追寻逝去的时光》作者书房里到底藏着什么秘辛，以至于会孕育出那样的煌煌大著。

结果呢，不免有些煞风景，因为不论按什么标准，即使在汉语范围，普鲁斯特读的书都算不上生僻。他的阅读名单上，有在我们的读书界略受冷落的拉辛、拉斯金、龚古尔，有形象日渐褪色的圣西门、夏多布里昂、巴尔扎克、乔治·桑，也有名声居高不坠的波德莱尔和陀思妥耶夫斯基、福楼拜……不过，耳熟能详并不代表了如指掌，如果没有穆斯坦那样对普鲁斯特和诸多作家的熟悉程度，大约很难辨别以上性情不同的作者和他们的作品，如何一点一点地融进了《追寻逝去的时光》——而这，正是《普鲁斯特的个人书房》致力的目标。

不幸没有生在文化草昧初创的时代，普鲁斯特也不得不跟我们一样，被迫与众多经典作品生活在一起。“多则扰，扰则忧，忧则不救”，对一个有志于写作的人来说，丰富的阅读名单未必是什么好事，弄不好还会成为致命的伤害——伟大作者的鲜明个性会冲淡其自身的风格，甚至会让最终的作品驳杂不堪。对阅读深入细致、容易受别人影响的普鲁斯特来说，这一危险尤其显著。

“猛虎行步者，野豻不能行；狮子跳踊处，驴跳必致死。有福成甘露，无福乃为毒”，对一个懂得自觉用功的人，我们大概用不到替他担心。普鲁斯特仿佛深通中国古代所谓的“为己之学”，虽然性格稍显柔弱，但他的才华始终对准自己，从不旁逸。穆斯坦在书里简述了一个《追寻逝去的时光》里的故事——德·圣卢企图凭自己的学问赢得女性的青睐，以失败告终。他就此得出结论：“读书可不是调情的工具，而是一个人独处时为自己做的事情。”不管谁说出了结论，我相信，那个懂得“读书是为了自己”的，是普鲁斯特本人。

对普鲁斯特来说，阅读就是要“吸收他们，将他们化作自己的一部分，参与自己的创作”，因而不是为了“挂在嘴上，引述他们的句子”。普鲁斯特采用的消化和吸收方式，是仿作。他认为，只有模仿，才能净化那些伟大作家对他的影响，“把巴尔扎克或福楼拜的节奏以及他们的特质从他自己的体内清除掉”，进而让那些杰作透过出其不意的巧思，在新作品里再活一次。

谈论普鲁斯特时提到模仿，多少有些不合时宜。自扬格在《试论独创性作品》中强调创造以来，模仿早就是一个不名誉的词了。扬格声称，“姑且假定模仿者卓越无比（这样的人是有的），但他终究不过在别人的基础上有了可贵的建树，他的债务至少和他的荣誉相等”。以模仿为举债，大约还是因为写作者内心不够丰沛，未能具备普鲁斯特最为看重的转化和调整能力，“说到才气，乃至不世出的天才，与其说是靠优于其他人的才智及社会教养，不如说是靠将这些条件予以转化及调整的能力……才气云云，在于想象力的发挥，而不在于想象出来的是什么东西上”。懂得转化自己阅读所得的普鲁斯特，像一个小提琴家创造出属于自己的“调子”一样，最终创造了属于自己的语言，建立了自己想象中的世界。

这个创造的过程并非一帆风顺。穆斯坦提示，在写作《追寻逝去的时光》之前，普鲁斯特已经写了不少文章，有一本未完成的小说，还有成千上万的笔记，但新作品始终找不到满意的形式。造成这一问题的原因，普鲁斯特认为，不是自己缺乏意志力，就是欠缺艺术直觉。他为此苦恼不已：“我该写一本小说呢？还是一篇哲学论文？我真的是一个小说家吗？”以后来者的眼光看，怎样为普鲁斯特的作品命名，甚至普鲁斯特如何走出了这一困境，都并不重要。重要的是，这个寻找的过程提示我们，为自己千古无对的体悟寻找独特形式的过程，正是一个天才的独特标志。

用使人醉心的方式度过一生

除非一个人有冯·诺依曼那样的冷硬心肠，为原子弹的内爆完成了关键计算，同时敢于说，“你不需要为身处的世界负任何责任”，否则，他就不该在原子弹的研制过程中扮演任何角色。但原子弹对科学家的吸引毕竟是致命的，那是炼金对炼金术士的诱惑，很多人要到事后才感受到那尾随而至的、无力承受的道德责任。盟方原子弹项目的主要科学负责人奥本海默，就被这个巨大的怪物折磨得形销骨立。原子弹试爆成功，他脑海中浮现出《薄伽梵歌》的经文："现在我就是死亡，世界的毁灭者。"参与计划的一个年轻物理学家，在原子弹投放之后，难过到在树丛中呕吐。不过，例外仍然存在。一个性情柔顺的女性，就事先做出了决定，她斩钉截铁地表示："我绝不和一个炸弹发生任何关系。"

说这句话的，是丽丝·迈特纳，汝莰·丽温·赛姆的《丽丝·迈特纳：物理学中的一生》提到了她上面的事。1878年，丽丝出生于维也纳的一个犹太家庭，关于童年，她一直记得自己"父母的非凡善良"，以及兄弟姐妹成长于其间的"特别鼓舞人的精神氛围"。虽然从小就对数学和物理学有明显的爱好，但19世纪末的奥地利，仍把女性排除在高等教育之外，丽丝的早期求学经历，十四岁就终止了。20世纪伊始，奥地利终于打开了那扇对女性关闭的大门，迈特纳也于1901年进入了维也纳大学。她即将选择的物理学，不是什么显赫的学问，这门学科在当时更多是一种爱好，还算不上事业。极少数的"学生之所以学了物理，是因为他们想象不出更使人醉心的方式来度过他们的一生”。大概是天生的直觉起了作用，“1902 年，丽丝·迈特纳知道了，她就是这种大学生中的一员”。

这种缘于性情的选择并没有为她带来即时的荣耀，在对待女性的态度上，陈旧的社会并没有与物理学的突飞猛进保持同步。迈特纳虽然在德国找到了工作，但仍在很长一段时间里需要父母的补助。这种无法自立的生活较为显著地影响了她的精神状态。1910 年，父亲去世，迈特纳负疚地写道：“我做的每一件事只对我、对我的野心和我在科学工作中的乐趣有好处。我似乎选择了一条道路，它和我最深信仰过的原则背道而驰，那原则就是每人都应该为别人而存在。这并不是说一个人必须无缘无故地牺牲自己，而是说，我们的生活应该以某种方式和别人联系，应该是别人需要的。然而我却像鸟儿一样自由，因为我对任何人都是无用的。这也许就是一切孤独中最坏的一种孤独。”

不过，大部分时间，迈特纳忙得顾不上这些消极想法。她已经在 1907 年与化学家奥托·哈恩合作，进行放射性方面的研究，并且深深地投入其中。一战期间，哈恩仍在战区，迈特纳已经退役，就独自继续他们共同的研究，哈恩只在偶尔休假时过问一下。1918 年，迈特纳研究发现了新的放射性元素，并将之命名为镤。当时，一种新元素的发现有可能带来一个诺贝尔奖，但因为这是他们合作的成果，哈恩的职位又稍高于她，因此，论文署名时，迈特纳慷慨地把哈恩的名字放在了前面。

一战结束之后的一段时间，迈特纳的学术和生活，都是极为舒适的。她成了教授，开始独立研究她最感兴趣的核物理。1934 年，费米用中子照射元素周期表上的各种元素，有了很多有趣而重大的发现。这些发现引起了迈特纳的关注，并意识到，进一步的研究需要杰出化学家的协助，她便劝说哈恩重新开始他们的合作。这次成功的合作在 1938 年出现了转折，因为纳粹对犹太人日益彰著的恶意，迈特纳被迫于 7 月份匆忙离开德国。在瑞典，马恩·席格班研究所许诺给她一个职位。这一年，迈特纳 60 岁。

虽然迈特纳早就意识到了流亡生活将有的困顿，但她没想到的是，因为席格班的冷落，在斯德哥尔摩，除了一间近乎空房的实验室，她什么也没有，当然无法进行任何物理研究，甚至连生活都需要朋友照顾。她写信给哈恩说："如果一个人必须依靠友情，他就必须或是非常自信或是有很大的幽默感；我从来不具备前者，而在我的当前处境下唤起后者也是很难的。"在这样的窘境中，1943年，盟方邀请迈特纳前往洛斯阿拉莫斯，参与原子弹的研制。对迈特纳来说，这个邀请意味着"令人神往的物理学、可敬的同事们和脱离瑞典的困境"。就是在这样的情境中，迈特纳说出了"我绝不和一个炸弹发生任何关系"，断然拒绝了邀请。

凑巧的是，迈特纳逃亡的这年年底，哈恩和他后来的合作者斯特拉斯曼有了一个重大发现，他立刻写信通知了迈特纳。收到信不久，迈特纳和她的外甥、物理学家奥托·罗伯特·弗里什就此深入讨论，精彩地阐释了哈恩的重大发现，并将这一现象命名为"裂变"。这个重大发现，正是迈特纳当年提议哈恩重新合作结出的硕果。即使在离开德国后，她仍然以各种形式参与了这一发现。就像斯特拉斯曼后来写的："丽丝·迈特纳并没有直接参与'发现'又有什么不同呢？她的倡议是她和哈恩的共同工作的开始——四年以后她仍然属于我们的集体，而且她是通过哈恩-迈特纳通信而和我们联系在一起的……[她]是我们集体的精神领袖，从而她是属于我们的——即使她没有在'裂变的发现'中亲临现场。"

哈恩却不这么认为，他很快就声称，裂变是"纯化学"的，他"根本没有接触物理学"。二战末期，他更是暗示，如果迈特纳当时还在德国，裂变的发现将是不可能的。1944年，哈恩因为这个发现获得诺贝尔化学奖。但这也没能促成他的大度，据说，哈恩在晚年竟然宣称，丽丝可能会禁止他做出发现。迈特纳本人对此谈得很少，她确信，哈恩完全配得上诺贝尔奖，只是偶尔会指出，这一发现需要物理学和化学的相互协助，并相信，"弗里什和我在阐明铀裂变过程方面是做了一些并非没有重要意义的贡献的"。战后，迈特纳一直维持着自己和哈恩的友谊，只是作为朋友，劝说他为了自己的声誉，考虑自己在纳粹统治期间的所作所为，并建议德国的科学家群体“发表一项公开声明，表示你们认识到由于自己的消极退让，你们对所发生的事情负有责任”。不过，哈恩没有收到这封情深意茂的信，对丽丝后来的相似说法也并不领情。历史向来喜欢偏袒，它习惯选择高亢的声音而遗忘羞涩的人，在关于裂变的问题上，世人更多记住的，是哈恩的名字。

这个遗忘的过程有个反向的高潮。1945 年原子弹投放之后，立刻引起轩然大波。因为与原子弹制造基础的“裂变”千丝万缕的联系，又是从德国逃亡的犹太人，有人就想当然地把迈特纳称为“原子弹的犹太母亲”，在一些报纸的照片里，丽丝竟和穿着农民服装的妇女“谈论原子弹”。尽管有些荒诞，但她的显赫声誉竟然打动了好莱坞，他们决意投拍一部以她为主角的电影，在脚本里，迈特纳把炸弹藏在钱包里逃出了德国。已经明显笼罩在哈恩阴影中的迈特纳，并未借机显扬自己，她跟自己的朋友说：“我宁愿赤身露体地在百老汇走一趟，也不愿出现在那部影片中！”

从对待原子弹到对待宣传，迈特纳的态度一以贯之，她清晰的道德感始终向内，从不外求。晚年，迈特纳多次拒绝请她写一篇自传，或为她的传记提供材料的请求。她觉得，一本关于活人的传记“不是不诚实就是不得体，通常是既不诚实又不得体”。她从这个世界获得的奖赏，绝非虚荣，而是她醉心的物理学：“科学使人们无私地追求真实和客观。它教给人们接待实在，带着惊奇和赞美，且不说事物的自然秩序带给真正科学家的那种深深的喜悦和敬畏。”

晚年的迈特纳获得了诸多奖项，她坚持认为，年轻人更需要这些奖励，“一个人在年轻时需要外界的承认，以便发展他在所选道路上的信心”。1968 年，迈特纳以九十岁的高龄谢世，因为她卓越的工作和清晰的道德感，即使用最严格的标尺衡量，她也配得上弗里什给她选的墓志铭——“一位从未失去其人性的物理学家”。

追随内心的眼睛

20世纪70年代，美国反叛浪潮余波未息，微电子技术异军突起，一个新的时代渐渐展现出其迷人的面容。硅谷得风气之先，成为一时无两的人才高地。其时其地，偶然闪现的思想火花，就会不小心点燃整个世界。乔布斯置身的正是这样一个神奇的时代，这样一片神奇的土地。而且，他是那么年轻。

永远年轻的，其实是乔布斯的眼睛。自少至老，对照乔布斯不同时期的照片，不难发现岁月和疾患的镰刀在他脸上刻下的痕迹，一头浓密的长发也渐被稀疏的短发代替。唯有那双眼睛，一直锐利、专注。

不是每个人都这么认为。1985 年，就在乔布斯即将被赶出苹果之际，他跟自己千方百计挖来的公司总裁斯卡利闹翻了。斯卡利夫人急趋问责，并要求乔布斯看着自己的眼睛。乔布斯照做了。斯卡利夫人大吃一惊："当我看大多数人的眼睛时，我能看到他们的灵魂。可我看你的眼睛时，只看到一个无底洞，一个空洞，一个死区。"

如此相反的观感，这双眼睛的秘密是什么？

2005 年，乔布斯在斯坦福大学的毕业典礼上讲述了自己的人生故事。临近结束的时候，他回忆了自己年轻时着迷的一本杂志——《全球概览》的停刊号。在这一期的封底上，"有一幅清晨乡间小路的照片，就是那种如果你有冒险精神，会在搭便车旅行时看到的景象。照片下面有一行字：'Stay Hungry.Stay Foolish.'"照片下面的两个短句，是这次后来非常著名的演讲的标题。

佛家有一个词，叫“初心”，热爱禅宗的乔布斯喜欢这个词——“初心正如一个新生儿面对这个世界一样，永远充满好奇、求知欲、赞叹”。失去初心，人就会“被卡在固有的模式中，像唱片中某一段固定的凹槽，永远无法摆脱出来”。乔布斯一直把自己作为初学者，说“我仍然在新兵营训练”，借此脱离以往的成功模式，“Stay Hungry”，不失初心。

“Stay Foolish”，已有人译为“呆若木鸡”，典出《庄子·达生》，强调专注。对乔布斯来说，专注不只是全身心地投入，更是对重要事物的认知。创业初期，在乔布斯生命中扮演了重要角色的迈克·马库拉已经指出这一点：“为了做好决定做的事情，我们必须拒绝所有不重要的机会。”或许是这个启示太过重要，或许是本性使然，在此后的日子里，专注都是乔布斯诸多特质中极其重要的一条。2011 年 8 月接任乔布斯担任苹果 CEO 的蒂姆·库克曾说：“他能够集中精力于几件事情上，拒绝其他许多事情。”后来，乔布斯给出了关于专注的一个简要版本，“决定不做什么跟决定做什么同样重要”，因为选择比努力更重要。

跟乔布斯一样，我们面对的，是一个选项过多的时代。只是，未必会有人能如乔布斯一样，经常用死亡来提醒选择的重要：“记住自己很快就要死了，这句话帮助我当人生面临重大抉择时做出正确决定。几乎每件事——所有外在的期待，所有荣耀，所有对困窘和失败的恐惧——在面临死亡那刻都将烟消云散，只留下真正重要的东西。”乔布斯为自己留下的真正重要的东西，是“追随内心”，“勇敢地去追随自己的心灵和直觉，只有自己的心灵和直觉才知道你自己的真实想法，其他一切都是次要的”。

出于对追随内心的强调，乔布斯向来没有做市场调查的习惯。在晚年跟自己的传记作者沃尔特·艾萨克森的一次谈话中，他提到：“我记得亨利·福特曾说过，如果我最初是问消费者他们想要什么，他们会告诉我，‘更快的马车！’人们不知道想要什么，直到你把它摆在他们面前。”

这样狂妄的自信之所以没有沦为笑柄，是因为乔布斯除了追随内心的强烈愿望，还拥有把一个完美的产品摆放在人们面前的能力。这一能力要求拥有者能感受事物将生未生之际的“形先之象，像先之气”，在内心看取一个产品的明确未来。说得简单些，就是要重视先机，像艺术家的重视灵感。早在苹果公司把施乐PARC的领先技术指标变成现实的时候，乔布斯就引用毕加索的话说：“‘好的艺术家只是照抄，而伟大的艺术家窃取灵感。’在窃取伟大的灵感这方面，我们一直是厚颜无耻的。”

一个看得见未来的人，必然是苛刻的。举凡乔布斯的完美主义，极简偏好，甚至让人无法忍受的乖戾脾气，都与他要把那个看到的未来原原本本置入现实有关。他要用自己所有的力量，敦促所有人，来完成那个在别人看来是幻觉的未来。这一苛刻甚至会延伸到产品看不见的部分，“优秀的木匠不会用劣质木料去做柜子的背板，即使没人会看到”。

斯卡利夫人当时看到的，或许只是乔布斯眼神中的苛刻，错过了其中更深入的部分。而那双眼睛，却在磨砺中越发年轻、明亮，不断传递着一个追随内心者的人生传奇。

还有一件事。2001年，乔布斯在接受《新闻周刊》采访时说："我愿意把我所有的科技去换取和苏格拉底相处的一个下午。"这一点，也正好是苏格拉底本人的愿望。在《苏格拉底的申辩》里，柏拉图笔下的苏格拉底说："同这些（生时正直，死而为神的）古人交谈和往来，对他们进行考查，将是无法估量的幸福。"只是，在灵魂的鉴别上，苏格拉底向来严苛，不知道始终追随内心的乔布斯能否有机会兑现这个奢侈的交换。

“我希望生活刚刚开始”

——关于《约翰·列侬书信集》

对热爱约翰·列侬的人来说，用不着强调一本列侬书信集的吸引力：即使这本被称为书信集的书里，除了正式的书信，还收进诸多他只言片语的贺卡，心血来潮的便条，不知所云的涂鸦……这些都不重要对吧？我们热爱一个远在天边的人，渴望知道他的一切——那些早就熟悉的部分，现在再次看到，让我们重温跟这个人精神结缡的每一个日子，心中泛起暖意；那些还不知道的，无论多么琐细，都让我们欣喜，可以摆放进那个早就在内心勾画好的关于他的完美图画里，或者也不妨是对这图画小小的改进——那更是意外之喜。

没错，意外之喜，就像列侬在他信的末尾，往往会加上的那个“又及”，“又又及”，以及“又又又……及”。即使是对一位普通的歌迷，他仿佛都因为信的简短而觉得特别抱歉似的，不好意思地再添上那么一笔两笔，让一个例行公事的回复多了一点摇曳。这多添的几笔，是列侬对世界多出的一部分善意，即便是表达自己的恼怒，即便是面对攻讦——1968年，激进杂志《黑侏儒》刊登了针对列侬的公开信，赞赏滚石，指责列侬的《革命》过于软弱，不比中产阶级医生太太的广播剧节目更革命。列侬显然被激怒了，写了一篇情绪激烈的反击文章。信临近结尾，语气有些缓和下来：“与其天天追究披头士和滚石之间那点鸡毛蒜皮的区别，不如放开心胸，放眼看看我们生活的这个世界，扪心自问：为什么如此？然后和我们携手并进。”落款仍然是著名的“爱你，约翰·列侬”。当然了，最后是“又及”：

“你打碎的世界，我把它重建起来。”

人们费尽心思建造的文明世界太过精微，野蛮的公牛总会不管不顾地闯进瓷器店，天才的责任，也差不多就是西绪福斯一样不断重建这一直被打碎的世界，并且尽量谨慎地不让自己打碎别人尤其是亲人的世界。我不知道是不是每个天才都这样，起码约翰·列侬是这样的——关于披头士的传记已经进入校对阶段，此前已经审过稿子的列侬忽然致信作者亨特·戴维斯（也是这本书信集的编者）：“我希望把关于‘威尔士人’（列侬母亲男友）和我母亲的那些说法从书中去掉。我原想把这些内容留着，看看我能否接受，但是我越想越觉得，不该让可怜的杰基（列侬异父妹）和茱莉亚（列侬母亲）来面对这个糟糕的世界，因此我决定把这些内容去掉。”

那么，列侬的前妻辛西娅、情人庞凤仪的呢，那个他没有投入更多精力抚育的孩子朱利安的呢——他们的世界岂不是被打碎了？谈论别人的有情或者无情是危险的，没人能代替列侬回答这些问题，这本书信集里也只提供了相当有限的线索，但可以猜想的是，对一个敏感而对世界有着同情（相同之情）的人来说，这绝不是一件轻松的事情，甚至会沉重到让人濒临崩溃，年轻时因太过匆忙来不及感受的一切，会不期然笼罩下来。我相信，以下这样的时刻，会在列侬的生命中经常出现：“我慢慢地找到了一个真正的父亲的感觉！……我有时在化妆室或其他地方，长时间地想念那些我没能和他在一起，陪他一起玩的时光。你知道吗，我一直在想，那些愚蠢的日子里，他和我在一个房间里，而我只顾埋头读报或其他什么事，我现在知道我全错了！我应该花很多时间陪他，我真想让他了解我，爱我，像我想念你们俩一样地想念我。”

善于内视的列侬[“我首先是为了自己写的（歌）”]，一面做着率性而为的自己，一面却若有分身，不时跳出来满怀歉意地看着周遭，并对人解释着那个率性的自我。在和保罗·麦卡特尼关系最紧张的时候，两人经常激烈地争吵。有一次，正吵得热火朝天，列侬忽然停下来，看着保罗说：“我就是这样，保罗。”然后呢？继续大吵大嚷。他当然知道自己的问题，就像做医生的表姐去信批评他的生活方式后，他在回信里说的："请你告诉我有几个伟大或者接近伟大的艺术家身上没有你说的'性格上的弱点'。"他也在给精神同伴的一封信里这样问对方："为什么我们这些天才，包括我自己，会变得这么愚蠢？"

如此撕扯的生活和精神，或许不只是天才的疑问，每个人都会有这样的撕扯时刻吧。只是，当天才为世人所知的时候，他自身分裂的部分，会被外部放得极大——"我仅有的私生活是在自己家里，或者朋友家里，走出大门，我就变成了公共财产"。人们当然会向公共财产索取自己需要的一切，爱、情感、关怀，当然还有金钱。有个自称布拉先生的人想环球旅行，但付不起旅行的费用，便写信请求列侬资助。或许是因为对世界多出的那部分善意，列侬居然给布拉先生回了信："如果我满足所有和你一样的要求，你所说的'巨大的财富'早就不存在了。"当然，无论是真话还是戏谑，有时特别耐心的列侬没有让信在这里结束，而是给出了自己的建议，"你需要的是动力——如果你没有动力，我建议你试试超验冥想，在冥想中，一切都变得有可能”。

这封信在某种意义上可以算是一个巧妙的隐喻，列侬当然不应该去资助诸如此类的的贫穷职员，否则，这既会让他自己的（物质或精神）世界倒塌，也会因为此事携带的能量，把布拉先生的世界击碎。不过，以上只是我的想法，并不是列侬的本意，对列侬来说，对待此类事情，更可能的，或许是编者的解释：“他既想慷慨助人，尽力而为，又受够了别人趁机得寸进尺占便宜，或者过于麻烦，在他需要做更好更新的事情时，占用了他的时间和精力。”作为名人，尤其是一个天资卓越的天才式名人，他虽然不喜欢自己成为公共财产，但同时也不得不清楚地意识到，“这是我自己的选择，必须坚持下去”。那些蜂拥而至的有理无理要求，是作为名人的题中应有之义，如果不说是必然代价的话。

歌德在跟爱克曼谈话时说：“在发表《格茨》和《维特》后不久，一位哲人的话在我身上得到了印证：‘如果你为世人做了什么好事，世人就会万般小心不让你做第二次。’”这话丝毫不差地应验在了列侬身上，愤怒和沮丧包围了他很长时间。同样幸运的是，如歌德一般，列侬也在世人的包围中开始了他的第二次，“生活的利刃/天生会刺中你/但无论如何我活了下来”。他得以知道，“生活里，除了敌人还有更重要的东西”。在写给朱利安的信里，他改写了《漂亮男孩》中的句子，“每一天/以每种方式/我在变得/越来越好”。这话，是写给孩子的，也不妨看成列侬的一次自我确认，就像他1979年写给表姐的信里说的那样：“明年我就四十岁了——我希望生活刚刚开始……”成名的代价付过了，他重新意气风发地忙碌起来，期待着第二次为世人做点什么好事。

谁也没想到，这不是新的开始，却是个结局。索取者施展了自己的变形记，1980年的这一次，他们向约翰索取的是他的生命，而且，他没法拒绝。1971年写给一位未知女性的信中，约翰在他的“又及”中写道：“你也许不敢面对衰老，至于我？——我一天也不愿回头！”就是这样一个不惧怕衰老的人，还来不及把他从长大

（还没来得及变老）过程中获得的智慧更多地传递给我们，就被索取者永远停留在人生的壮年。我们再也无法叫醒那个名字叫约翰·列侬的天才，那个对世界怀抱着更多善意的人，再也听不到那些漂浮在未来的、等待他去采撷的歌——是的，我要说的是，从现在开始，我们别再把所有天才的馈赠视为理所当然，别向那些为世人做了好事的人索取太多，让他们在自然生命结束之前每一个新的一天，都可以踌躇满志地写下——我希望生活刚刚开始！

第三辑

变形记

《布洛克的小说学堂》讲些什么

虽然我很怀疑，下面这个故事出于小说家的随口编造，但读起来仍然像真的——或许正因为是编造，所以才更像是真的。

有个年轻人，练习了很长时间的小提琴，现在，他决定拉一段给音乐大师听，以便让大师断定，自己是否具备这方面的过人天赋。演奏完毕，大师摇头："你缺乏激情。"

几十年后，两人相遇，那个拉提琴的年轻人，已经是一位成功的商人。他对大师说："你改变了我的整个人生。你当年的评价让我痛苦无比，但我强迫自己接受，放弃了音乐。可是你告诉我，当年你怎么一眼就瞧出我缺乏激情呢？"

"噢，我当年没怎么听你演奏。"年老的大师说，"不管谁给我演奏，我都这么说。"——正是因为文中加入的这个"年老"，让我相信这个故事是编的，因为叙事的逻辑太过严密：为了表达命运的残酷，此前有一个时间提示，"几十年后"；现在，为了不让我们产生大师是否还在世的怀疑，特意加了"年老"，作为大师健在的铁证。

"太过分了！"当年的年轻人叫道："你怎么能干这种事？你改变了我的整个人生啊。我本来可以进入最高级别的小提琴家殿堂的。"

这是托马斯·布洛克在《布洛克的小说学堂》里讲的故事，来自《不止是天赋》一章。为了避免烦琐的解释，我稍稍改写了一下，但并未改变故事至此为止的训诫意味——马虎草率的大师，扼杀了卓有天赋的年轻人。

布洛克本人在这本写作经验谈里，却绝不草率马虎，甚至让人觉得他严肃到有些笨拙，跟他构思巧妙的小说里的聪明俏皮形成鲜明的对比。我们来看他在这本书里都讲了些什么——研究市场、百折不挠、埋头苦干、淘洗垃圾、判断距离、文件记录、塑造角色、选取角色、如何取名、如何修饰情绪波动……多么无聊的话题。就不能讲点灵感，讲点幻觉，讲点高峰体验，哪怕是讲点酒精或大麻对写作的刺激也好，总比现在这样把小说作为职业谈论，反复强调小说的纪律、结构和技巧，来得过瘾有趣。

关于教导这件事，我觉得丹纳在《艺术哲学》里的态度最好："第一条是劝人要有天分，这是你们父母的事，与我无关；第二条是劝人努力用功，掌握技术，这是你们自己的事，也与我无关。"布洛克对待这两件事，决绝得很像丹纳。他不强调天赋，因为天赋无可预期，何况，"对于写作这项工作来说，天赋也许是最不重要的"。他也不劝人用功，因为如果写作只是用功，那一只黑猩猩只要坚持不懈，"能长时间坐在那里，能控制大拇指按键盘，也能像我一样写出一篇篇小说”。这样的论调，未免太伤自尊。

如此看来，写作真是一件别扭至极的事，好像完全不可以教授，可对这件不可教授的事，布洛克写了整整一本书。或许他也想跟丹纳一样强调，“我唯一的责任是罗列事实，说明这些事实如何产生”。可关于写作的事实如何罗列，又是怎么产生的呢？

布洛克谈论的写作，起始于一个最为简单的念头，“写作的唯一理由，是因为你想写，倘若不是这样，你完全可以放弃，去做其他的事情”。能回到这个初心，一个写作者才不会刻意讨好读者，而是回身向己，学着“在写作中展示出你最好的一面”，把自己身上的阿瑞忒（Aretê，美德女神，象征美德）表现出来。

小说写作的秘诀，说到这里就可以结束了，那些对写作怀有热望的人，将摸索出属于自己的路，不去理会任何类型的指导。可是写作太辛苦了，几乎每个人都想离打字的键盘越远越好，那么，即使有机会倒倒苦水，谈谈苦经，也是好的。这也就不难理解，为什么布洛克在这本书中，反复指出每天的定量写作设置是如何重要，鼓励写作者不断坚持，提示后来者多写多练。对每一个写作者来说，坚持不懈的意志极为关键，因为“在创作成功之前，几乎每个人都得经历一段非常崎岖的道路。如果还没动笔写，他就开始担心自己的努力最终会付之东流，又怎么能指望他走到那段崎岖道路时，面对挫折和失望，还能站起来？”

套用布洛克的句型，不妨这样造句：“倘若你受不了热，就别进厨房。倘若你不想要桃子，就别去摇树。倘若你不具备忍受孤独的耐心，就别来碰写作这件事。”这真是老得不能再老的老生常谈，老到几乎可以跟铁匠师傅传授给徒弟的秘诀媲美——“热铁别摸”。

不用说，这些经验之谈说再多也应该，因为的确就是写作的核心秘密，何况布洛克有本事把每一个老话题说得好玩有趣。最为关键的是，他能把几乎每个题目，都分解成非常具体的元素，抽丝剥茧，层层深入，仿佛他笔下的推理故事，既明确地指向目的地，又专注于每个话题延伸出去的部分。他努力捕捉着“那流动着的、且雪花般稍停就消融无踪的感受”，让每个话题都汁液饱满，读起来充满魅惑。

如果写作全是艰难，那也未免太苦了些，很难构成对人的吸引。好在写作也有回报——虽然布洛克说起这个回报有些犹豫，不大肯承认小说写作跟诗歌和美德一样，其本身就是回报，可他还是在“一个作家的祈祷”里深情款款地说：“主啊，请让我记住，作品被录用还是遭退稿，都不重要。艺术活动（也可以说是人类所有的活动）的主要回报，是作品本身。工作完成了，就是成功，结果如何，与成功无关。我写得好，就是成功。”

当然，这些所谓的报偿，也只是祈祷，写作这件事的不可思议之处在于，有时候你其实什么回报也得不到，但你还是在写，根本不去想那么多。就像开头的那个年轻人和大师的故事，其实并没有完，年老的大师最后说：“你不懂。倘若当年你有激情，就根本不会在乎我的评论。”是的，就是这样，无论如何，“有些人，会一直写下去”。

伊卡洛斯的翅膀

伊卡洛斯是希腊神话中代达罗斯的儿子，被克里特岛的国王米诺斯关在他父亲建造的巧妙迷宫里。为逃出迷宫，手艺精巧的代达罗斯用羽毛和蜜蜡为伊卡洛斯制造了一双翅膀。飞出迷宫时，代达罗斯嘱咐伊卡洛斯，不可飞得太低，因为翅膀碰到海水会湿透；也不可飞得太高，因为太阳的热量会把蜡融化。父亲出于谨慎的教诲没能阻止年轻人冒险，伊卡洛斯往高处飞去，太阳融化了蜜蜡，他从空中栽了下来。

在《论古人的智慧》里，弗兰西斯·培根用这则寓言说明道德领域中间道路的必要性："美德之路不偏不倚落在过分与不及之间。伊卡洛斯年轻气盛，自然而然会成为过分那一端的牺牲品。"寓言的妙处是可以反复说解，比如伊卡洛斯的翅膀，就可以非常恰当地用来譬喻文学中的想象力——优秀的写作者必须把想象控制在现实和无稽之间。

马尔克斯讲过自己写《百年孤独》时的一个困难——他虽然已经知道俏姑娘雷梅黛丝必将飞上天空，却不知怎么让她起飞。直到有一天，"一个来我们家洗衣服的高大漂亮的黑女人在绳子上晾床单，怎么也晾不成，床单让风给刮跑了。当时，我茅塞顿开。'有了。'我想。美人儿雷梅黛丝有了床单就可以飞上天空了。在这种情况下，床单便是现实提供的一个因素"。

二十年前，余华就在《强劲的想象产生事实》里提到过马尔克斯这个故事，并表达了自己对此的看法："想象应该有着现实的依据，或者说想象应该产生事实，否则就只是臆造和谎言。"意犹未尽，在收入《我们生活在巨大的差距里》（北京十月文艺出版社，2015年2月出版）的《飞翔与变形》一文中，余华再次讲述了这个故事，强调想象可以各式各样，“不同的时代、不同的民族那里表达出来时，是完全不同的”。但想象不是瞎想、空想和胡思乱想，“只有当想象力和洞察力完美结合时，文学中的想象才真正出现”。想象力必须通过现实的检验，绾合想象和现实的本领，余华称之为洞察力。

卡夫卡《变形记》，格里高尔变成甲虫之后，父亲在房间里追逐他，并用苹果袭击：“一个扔得不太用力的苹果轻轻擦过格里高尔的背，没有带给他什么损害就飞走了。可是紧跟着马上飞来了另一个，正好打中了他的背并且还陷了进去。”接着，卡夫卡展现了他衔接想象和现实的洞察力：“格里高尔所受的重创使他有一个月不能行动——那个苹果还一直留在他的身上，没人敢去取下来，仿佛这是一个公开的纪念品似的。”变成甲虫的格里高尔，手不再是手，无法够到自己的背，不能取下背上的苹果，只好任苹果陷在身上。就这样，卡夫卡“逐步累积着格里高尔的虫的特征，包括他的虫的外表所有的可悲的细节”。

文学中的现实，如纳博科夫所说，“包含某些超越视力幻觉和实验室试管的东西。它里面有多重因素：有诗歌，崇高的情感，精力与努力，同情，骄傲，激情”，是“将许许多多个体现实混合后的一份标本”，仿佛日常现实的某种全息图像。文学现实的显现，凭靠的是写作者的洞察力，而不是，或主要不是对日常现实的记述或还原能力。两辆卡车公路相撞，一个人从二十多层的高楼跳下，这是日常现实。卡车相撞，发出巨大的声响，将公路两旁树木上的麻雀纷纷震落；从高楼上跳下的人，由于剧烈的冲击，牛仔裤都崩裂了——余华说，这才是文学中的现实：“满地的麻雀和牛仔裤崩裂的描写，可以让文学在现实生活和历史事件里脱颖而出，文学的现实应该由这样的表达来建立，如果没有这样的表达，叙述就会沦落为生活和时间的简单图解。”

对现实的洞察造成不同作品之间的差异，甚至决定着人物性格的塑造。余华由俏姑娘的床单想到《一千零一夜》里神奇的阿拉伯飞毯，并指出了它们之间的差异，“神奇的飞毯更像是神话中的表达，而雷梅黛丝坐在床单上飞翔，则是充满了生活的气息”。

在《第七天》里，余华签署了这份想象力和洞察力的协议，写出了自己跟卡夫卡和马尔克斯的差异。在一个月光明媚的夜晚，李月珍自己走出太平间，去了“死无葬身之地”。小说里的其他人物，都有各自走向死无葬身之地的方法，李月珍怎么去的？这个问题困扰了余华很久。“突然有一天看到地质塌陷的新闻……一次塌陷刚好让太平间陷下去，震起来以后李月珍从太平间回去看她的丈夫、女儿，包括杨飞。有了地质塌陷，这个细节变得合理了，哪怕是荒诞性方面也变得合理了。”再怎么荒诞的小说，也必须注意创造的世界里细节的真实，这才是想象而不是虚幻：“给鼠妹净身的时候，骨骼的手没有皮肉，怎么捧水呢？只能采一片树叶，骨骼的手里捧着树叶，树叶里面是水。”同样是想象力和洞察力的结合，卡夫卡锐利，马尔克斯飞扬，余华准确。

《西游记》里，孙悟空大战二郎神，二者不断变换各自的形象。变换之时，都有个“摇身一变”的动作，这动作就是想象力和洞察力的契约，“既表达了变的过程，也表达了变的合理”。他们一物降一物地变化，二郎神技高一筹，无奈之下，孙悟空变成花鸨。因为花鸨是鸟中最贱最淫之物，二郎神不愿跟着再变，于是取出弹弓，一弹子将孙悟空打了个滚。余华从这里看出了二郎神和孙悟空的性格差异：“这一笔看似随意，却十分重要，显示出了叙述者在其想象力飞翔的时候，仍然对现实生活明察秋毫。对于出身草根的孙悟空来说，变成什么不重要，重要的是达到自己的目的；贵族出身的二郎神就不一样，在变成飞禽走兽的时候，必须变成符合自己贵族身份的动物。不像孙悟空那样，可以变成花鸨，甚至可以变成一堆牛粪。”

就像诗人受到音节和韵脚之类的约束，从而必须比普通人更殚精竭虑地对自己的素材下功夫，故此能够更好地表现人类社会中那些微妙的关系，对现实的洞察牵制了想象力，也同时给想象力灌注了灵魂。“有灵魂的想象让我们感受到独特和惊奇的气息，甚至是惊异和骇人的气息，反过来没有灵魂的想象总是平庸和索然无味。”米塞斯说，“心智正常的人不能想象完全无拘无束的生活”，世界上也根本就没有完全自由的想象。文学作品中出现的光明或辉煌，不是因为想象力的茫无边际，而是出于想象力对现实限制的尊重。甚至不妨说，把现实给予的限制内化为一种心智的需求，是一个优秀写作者的必须。

尼尔斯·玻尔在回应各种各样业余物理学家对量子力学的胡乱猜测时，说过一句话：“我们都同意你的理论是疯狂的。你和我们的分歧在于，它是否疯狂到了足以有机会正确的程度。”对文学中的想象来说，这句话或许可以改成：“我们都同意你的想象是疯狂的。分歧在于，它是否疯狂到了有机会成为某种现实的程度。”别忘了，那双伊卡洛斯的翅膀，必须在天空和海洋之间扇动。

“塔布”变形记

“塔布”（taboo），常译为“禁忌”，意思差不多是“这件事做不得”。形形色色的塔布虽然让人束手束脚，人却也不能随手丢掉它们。生活之所以能成为可能，就是因为“我们遇到的人绝大多数是受制于几乎出于本能的一个塔布网”，“一切由官员或警察来执行（或不执行）的法律、条例必须变成塔布，印在每个公民的心上，流在每个公民的血管里……没有社会能够依靠任何别种方法健康地生存”。比如，没有不许偷盗的塔布，私有财产就不可能存在，因为单靠警察管不了所有无偷盗塔布的人；比如，没有欲望塔布的存在，人们便容易“麻天木地、乱七八糟地放纵”，甚至会妨碍一篇曲折精妙小说产生。

内森·英格兰德(Nathan Englander)的短篇《窥视秀》，不妨看成一个精妙的欲望与塔布各自的变形记。在去港务局的路上，艾伦·费恩先生，也就是过去的艾里·费恩伯格，鞋尖磨坏了。这个小小的插曲，打乱了艾伦习以为常的生活节奏。按部就班的工作和循规蹈矩的生活就此裂开一条缝隙，钳制其行为的塔布松动，隐藏在两者背后的秘密欲望被调动起来。他走向窥视秀演出场所，在走进之前，做了取消塔布时最外在的防护措施，“只花了一瞬间向后张望，看命运是否安排了同事或邻居来目击他的行动”。

欲望之所以称得上欲望，就是因其在想象中的幻美或难以抵抗如塞壬的歌声。停留在艾伦记忆中的窥视秀，是他童年时一场隔着玻璃的欲望幻梦，“木制隔板缩进两侧的墙壁，窗口的最底下会射进来一道光。窗户厚厚的玻璃上满是污痕和指印，总是因顾客浓重的呼吸而蒙上一层水雾”。这层玻璃隔开欲望世界的两端，顾客能看见里面，里面的人却看不到外面。那个触不可及的欲望世界，勾起了童年艾伦足够多的幻想，也让他被折磨，“他记得自己颤抖个不停，牙齿咯咯作响，双手夹在腿间取暖。那时他生怕自己会冻死，或因激动就此丧命。他会纵容自己就那么想下去，把宝贵的欣赏时间花在阴郁的想象上，想象自己在隔间里倒地不起，就此一命呜呼”。

欲望已经充斥在童年艾伦心间，但成人制造的塔布和对欲望实现方式的无知阻碍着他。正因为这阻碍，欲望便氤氲成完美的梦境，其伸缩的过程尤其让人难忘。现在，成人的艾伦又一次来到这里，场景变换，原先隔开欲望两端的玻璃去除了，欲望的对象变得触手可及。那些记忆中永远触碰不到的欲望对象，现在近在眼前，“男人抬手伸出窗口，刺穿了与幻想世界之间的屏障。艾伦从没见过这样的场景，从没见过梦幻世界被人像这样捅出入口”。记忆中的童年欲望迷梦，瞬间消逝。

人永远是追梦的高手，幻想中的欲望没有实现，人就会把它变形，仍然变成梦。艾伦触摸到了玻璃背后真实的欲望对象，却并不甘心，幻想中企求完美的欲望，促使着他做起了另外的梦，“那女孩就是完美的化身，艾伦绝望地渴求着她”，“女孩就起身向他走了过来，身材高挑、姿势优雅，他梦想中的女人”。真实的触摸发生，欲望的梦想与现实对接，“在过去几年里，艾伦从未像现在这样情欲勃发”。得寸进尺，艾伦“想爬出那扇窄窗，和这个女人融为一体”。

塔布走得并不慢，就在你以为可以不管不顾地实现完美欲望的时候，它恰好就赶到了，梦被惊醒，仿佛现实也恰好走到这里，“板开始下降，他的时间用完了。在必须做出决定的那一瞬间，艾伦抽回了手”。艾伦陷入天人交战的境地，一边是家庭和日常构成的塔布，一边是自己的欲望梦想。他想离开这里，可欲望的幻梦哪里会这么容易克服。艾伦陷入羞愧，却也承认，“只要那妖精能从椅子上站起身来，握住他的手，让他再摸一次她的身体，他宁愿牺牲其他一切”。他几乎想丢掉整个此前好不容易堆积起来的世间生活，不顾一切走进这诱惑。

人与自己的完美欲望梦想，似乎总是差了那么一步，永远不够尽兴。这一步之遥，往往充满无数的变故。当艾伦准备再次步入梦境的时候，布景变换，他魂牵梦绕的女孩消失了，出现在他面前的，是当年学校里的拉比。如果我们此前还不明白为什么艾伦·费恩过去是艾里·费恩伯格，不明白为什么艾伦的妻子被称为异邦人，现在大约可以猜到了，艾伦是犹太人，拉比是犹太教对老师或智慧者的称呼。从某种意义上，拉比唤起了习传的律法塔布，见到他们，艾伦的欲望之梦遇到强大的阻力，他“全身都冷了下来”。

被调起的欲望没那么容易屈服，再加上拉比的咄咄逼人，艾伦开始反击，“听听你自己说的话，拉比。你总在不停地攻击人”。这段争执，带出很多犹太人的处境问题——不熟悉犹太传统的，不妨不求甚解（当然能甚解更好），把这作为塔布在犹太群体中的变形——又因为医生的加入，产生了复杂多重的辩论效果。不过，无论怎么复杂，没有内化为自身律令的塔布，不过是强横的禁令。虽然艾伦仍然对拉比提供的庇护所恋恋不舍，“他的心里仍然有些希望能再度活在他们的世界里。在那里，一个人要么信神，要么不信，要么是个好丈夫，要么就是个坏人。那里的正义天平总会倾向某一侧”。艾伦放弃了截然分明、戒备森严的犹太律法塔布，立刻按照人的自然本性做出了选择——遵从自身的欲望选择。自我选择一旦完成，塔布之魅即告消失，其造成的心理压力也随之解消，现在艾伦终于可以好好地面对拉比们了，用不着再或明或暗地逃避——“他不想再随时随地想起拉比，不管是把车停进车库，还是到地下室去换保险丝的时候”。

那些想起拉比们的时刻，正是塔布如影随形的追击。艾伦以为，认识到塔布的此一变形，自己就将从压抑中解脱出来。只是，被召唤出来的欲望没那么容易收手，更为古怪的变形出现了。现在，原先出售女孩身体的位置上，坐着艾伦的母亲和妻子。塔布绕开了一切化装，直接化身为它最日常的形象——或者，这次塔布的变形，就像是孙悟空变化成自己，但仍是七十二变之一。艾伦自以为解决的欲望安置问题，现在又变得不那么确定了。母亲冷静地告诉他，没必要为了欲望发泄毁掉什么，即使她并不赞成他跟妻子的婚姻，但也明确告诉自己的儿子，欲望问题就该在小范围内解决，没必要为了可以在内裤上解决的欲望“毁掉一套上好的西装”，更没必要因此而“毁掉一桩婚姻”——妻子也表示同意。这次，计算理性替代了习俗塔布，而自以为逃脱了塔布的艾伦，不过陷入了新的塔布之中。

现在，小说来到了尾声，新塔布已经完成它的变形，艾伦以为自己这下可以彻底放松，但欲望的变形不甘示弱，现在，它诱导着艾伦变成被欲望的对象，小说也开始变得迷离惝恍。经过小小的慌张，艾伦很快适应了这角色，像他心仪的那个女孩一样，“他的动作缓慢，态度漫不经心。在他看来，作为欲望的对象，这种冷淡恰到好处”。

不管我们愿不愿意承认，但必须意识到：“生活永远是一种克制，不但是在人类，在其他动物也是如此；生活是这样危险，只有屈服于某种克制才能有真正意义上的生活。取消旧的、外加的塔布所施加于我们的克制，必然要求我们创造一种由内在的、自加的塔布构成的新的克制来代替。”无数敏锐的人会意识到这新旧塔布转化的过程，艺术的根芽正在其中生长。

《窥视秀》是在这新旧塔布转化中生长出来的小说。艾伦那些不断变形的幻想，一会儿针对的是旧塔布，一会儿针对的是新塔布。仔细查考起来，对艾伦形成规约的旧塔布，是犹太旧典和此前社会的礼俗（nomos），而艾伦自己正形成中的新塔布，是原子式个人欲望的自然释放和当代社会习以为常的计算理性——或者说得更清晰一些，后者是正在形成中的新塔布，而前者，几乎是要取消所有构成欲望禁忌的塔布本身。我很怀疑，艾伦最后的表现，是自以为看到了旧塔布执行者的恶劣行径和世俗用心，就可以安心地取消欲望塔布本身。

取消了欲望塔布，会怎样呢？以一种未经反思的对抗塔布态度确认自身的行为，很可能会像“用廉价的放荡来反抗‘维多利亚式’的岸然道貌，常常是‘拿十九世纪的坏面貌去换取十八世纪的坏面貌’”。塔布越是多层级、有差别，就越容易疏导或束缚反抗者极端的破坏能量，社会与人的相互适应也就越平稳，而表现在艺术中，则是越丰富多样。单一、单向、单薄的塔布系统，并不会换来身心的丰富和解脱，相反，最终人们看到的，将是一片精神的不毛之地，包括行为、精神和想象在内的一切，都不得不下降到身体和欲望的层面——塔布消失无踪，欲望在不毛之地为自我立法，只好径直回到身体，回到本能。

人是动物和超人之间的绳索，既需要塔布提供有效的自我保护，又不停地企图挣脱塔布的束缚。正是在对塔布爱恨交织的挣扎之中，人生成了精致微妙的样式，也产生了诸多精微深湛的艺术。从欲望塔布里一层层解脱出来，却简单地回到欲望的自然选择，我们能看到的，差不多只是或繁复或直接的——简陋。

一种特别的心性

临行前，把李庆西的《大风歌》（人民文学出版社，2016 年 5 月出版）放进行李。早知道李庆西讲得一手好故事，更因为有些好奇——高校学术圈的那点事儿，大家不都知道吗？敛财，贪色，升职，搞课题，傍大佬，抢山头，颐指气使，居高临下，卑躬屈膝，彼此叫阵，一地鸡毛……用此为题的一部长篇，有什么新鲜可写？

候机的时候就看起来，不料，这一看就看进去了，差点儿误了飞机。在座位上笃笃定定坐好，心中暗暗欢喜，这一路不用担心无聊了。写的呢，果真是高校学术圈的那点事儿，不过，看来看去，跟目下高校小说写法大相径庭。现下写高校的小说，大多是揭黑幕、曝短处，把人的道德和内心黑暗挖得越深，事情的处置写得越不堪，仿佛才越过瘾，一不小心，竟暴露出写作者某种心志的卑琐。事涉知识群体，又不免让人近想到钱锺书《围城》，远想到吴敬梓《儒林外史》。读过这两本书的，会记得那夺目的才情、犀利的讽刺、精巧的挖苦。这些耀眼的部分，甚至会中断小说的绵延性，让我们停在某些才华闪烁处赞叹不置。

《大风歌》平实多了，虽事涉黑幕，人心惟危，李庆西却并不尽情挖苦，也不刨根问底，用笔节制、简洁，擅白描，点到即止，看似全无用心，却往往细处动人。偶有讽刺，则不露声色，乍现即逝。读过历代笔记的人，能识别出李庆西小说的来处，辨认出他与古人相似的从容，不温不火的性情。如此作品，写作者的才情、学问、见识、欢喜、忧虑，从不张扬，而暗暗藏在字里行间。就像李庆西在这小说里的位置，似乎是伴读的书童，只负责在旁边把发生的故事好好记下，从没想着喧喧嚷嚷引起注意，更不会去占据书房的中心位置。

在《闲书闲话》里，李庆西写到赵翼，说他“心性活泛而敏感，随时都有一些小感触”，送别，雅集，凭吊，散步所见，家居无事，朋友纳妾……“些许小事便能触发滔滔诗情”，有感必赋，像极了时下玩微信，“就差将照片发到群里了”。李庆西有一桩特殊的本领，就是能把不管古代还是西方的人物或作品，恰当地切身化、当下化，仿佛软件经了刷新，可以豁朗朗与我们觌面相见。这能力移到小说，譬如在《大风歌》里，人物无论是什么学术和心路历程，无论是怎样的言行举止，经过了作者的切身化和当下化，没了突兀崚嶒之感，妥妥帖帖地置身于世间肌理，与人无隔。

正边读边胡思乱想，飞机降落，背上行李包，一路来到宾馆。寒暄过后，洗完澡，躺在床上刷朋友圈，就看到了李庆西的访谈，“对于故事里游戏玩家们的种种行径，无论逐臭千里，还是掘地三尺，我甚至都有一种理解之同情”。哦，是这样了，怪不得这小说虽写学院怪相，却并无常见的污浊肮脏之感。原来作者对所写人物，无论如何变怪百出，都采莫逆于心的态度。持此态度的人看来，不同的人做或此或彼的事，都可以是对的，即便不堪，也有不堪的理由。不过这理由也并非辩护，倒像是作者临川暂驻，静观人心的大水涨涨落落。

想通了这一层，若重负初释，一觉睡到第二天早晨，吃饭，入座，开会，接着读。果然没错，作者的理解之同情，并未停留，而是通过作者，传递到了作品里的人物。知道齐万胜底细的谢国栋，只是含蓄地称他为“齐人”，原因呢，“齐人有一妻一妾……”，背后的种种，小说里偶有提及，却不深写。熟悉本校学术状况的李逵，列举诸人弊端，放入《墙有茨》的文件夹。《墙有茨》原本是《诗经·鄘风》中的一篇，“墙有茨，不可扫也。中冓之言，不可道也。所可道也，言之丑也”。原文指宫中龌龊之事不足为外人道，用在这里，含蓄地表达内丑不可外扬之义，“墙上种有蒺藜，当然是一种设防，这里作为起兴，显然取其蔽恶之义”。

到《墙有茨》这章，小说堪堪来到尾声，却忽然因李逵的日记写到了鲁迅："翻看鲁迅二十多年的日记，几乎就是这样一个书写方式：上午往琉璃厂，午后某人来，得某人信。午后某人来，赠糟鸭卵一篓……他曾请教过一些鲁迅研究专家，他们都十分看重鲁迅日记的史料价值，但好像还没有谁去研究其中的叙事特点。他一直觉得，日记中这种主体的自我遮蔽有其独特的精神内涵。李逵似乎是在学鲁迅这笔法，这笔法无须任何文采，却要有一种特别的心性。"好个"一种特别的心性"。说节制也好，说切身化、当下化也好，甚至作者自己说的同情之理解也好，都不如这"一种特别的心性"来得准确。

李庆西锋芒收敛的写作，该是来自他宽厚的心性。在创作谈里。李庆西说起《大风歌》与《儒林外史》的不同，"《儒林外史》的作者尚持有某种摧陷廓清的理想，而我们只能在浮华和污秽之中'居易以俟命'。现在，大家都有一种文化焦虑，这是脚底发飘的时刻"。"君子居易以俟命，小人行险以侥幸"，"居易以俟命"，正是李庆西“一种特别的心性”的选择。既不必行险以侥幸，就避免了跟某些肮脏污浊共舞的窘境，即便小说里写到这些，也能在其中流露出自己特有的从容、特殊的干净。

书读完了，会也结束了。走出会议室，起风了，不大，却也颇有猎猎之声。隐隐约约，仿佛听到了李庆西那爽朗的笑声，看到了他宽厚的、充满活力的笑容——回去，该好好跟他约一场酒。

那些抵牾自有用处

——韩东《欢乐而隐秘》

一

《欢乐而隐秘》（《收获》，2015 年第 4 期）最先吸引我的是王果儿这个人物。吸引的地方在哪呢？说不清楚。或许是这些年，我越来越多地在生活中看到了王果儿这种类型的人，因而觉得似曾相识？也说不定，她提供了一种异质的世界观，这世界观我不熟悉，非经努力便无法理解？

小说开头，王果儿跟有些无耻的张军厮混在一起，让我无端想起了多多的《少女波尔卡》：“这些自由的少女 / 这些将要长成皇后的少女 / 会为了爱情，到天涯海角 / 会跟随坏人，永不变心。”你会为这样一个女孩心疼，因为她的美、她的率性、她的风风火火，因为她对世俗重视之物的全无概念，因为她受到切切实实的伤害，却总是一副没心没肺的样子。

慢慢看下去便会发现，这女孩也有她的问题，她从来没有真的关心过别人，始终按照自己的心意变脸、发作，一厢情愿地给予对方自己认定的爱，也会毫无来由地收回。她一直被某些社会的流行概念左右，比如起先比较张军和齐林时，她认定张军有幽默感，而齐林刻板无趣；但当她准备爱上齐林时，却又觉得张军档次太低，齐林才是内心强大的真正男子汉；她转变后要保证给齐林的，是一个她所谓的纯粹的爱，这个纯粹之爱的前提是奉子成婚。照小说中秦冬冬对王果儿的评价，就是她容易把生活“戏剧化，自我感动”。

把王果儿归为一种先天的性格类型是容易的，但我总觉得这些表现有一定的普遍性，仿佛在生活中经常见到——你总不能说，社会上有一些孩子，天生就有这种相似性格吧？这不免让人猜测，这种行为类型，或许是某种文化或时尚塑造出来的，因而有较为广泛的相似性。

话说到这里，大概要绕远一点。人的很多行为，包括“个人的偏好、习惯和价值观，确实很多是由社会赋予的，传统、风尚和规范，经由教养过程被潜移默化地植入我们的头脑，变成我们的习性和观念”。在现下的社会文化氛围里，很多人都在学着抛弃以往的社会教养，争做一个“真正的自我”。随着“对人性认识的加深，行为影响因素被不断识别出来，于是越来越多的行为被解释为‘不是他自己的选择，他不能对此负责’”。仿佛只有把社会赋予的种种教养剥掉，人才能显露出那个被社会熏染得面目全非的“真我”。

这个“真我”似乎是每个人自己寻找出来的，其实未必。不要忘记，“你有权做决定，并不意味着你有能力做决定”。人们“以为自己有能力做决定，父母、教会以及其他传统权威，都不再可信；但是，自己又必须有所根据才能做决定，结果就常常是根据社会上流行的风尚”，于是就“常会产生 social conformity（社会从众性）”。没有实质性权威支撑的自我决定，便只能根据社会上流行的东西做选择，人们往往会在选择时不自觉地认同“同辈压力（peer pressure），而成为认同一致性（conformism）”，在追求不同的过程中变得大家都一样。

仔细看王果儿的行为，正是一个追寻“真我”的过程。她（近三十岁）反叛父母，不理会他们那套传统规范。跟随张军，不离不弃，是因为他有大众认可品质中所谓的幽默，像纯爷们儿；起先不喜欢齐林，是因为他不像时尚认可的标准男士那样 man，那样浪漫；转而爱上齐林，则认定他有自己此前未曾发现的流行的中性化倾向，并有所谓“绅士风度、骑士气概”。她得意时的炫耀、失意时的发作、哀怨时的牢骚，都几乎是未经文化教养辖制的本能反应。这个本能反应，其实可以称为一种未经反思的个人主义，“一种非合作性的、独行侠式的个人主义，对于合作、互惠、利他、协调、组织、社会规范等将众多个人聚合成社会的那些元素……认为要么与个人意志背道而驰，理应抛弃；要么是加诸其上的束缚，理应打破”。

这种由寻求真我而来的未经反思的个人主义，并未让王果儿变得不同，而是让她成了一个删繁就简的自我，一个根据社会习尚和自我本能决定其行为的女孩子。她确实跟每个人都不同，却与社会上那些追逐真我的女孩，相似到难以区分——我们身边的很多人，就是这样。

二

如果就此以为《欢乐而隐秘》是刻画王果儿这种类型的人，以便引起人们的批评或注意，那大概有违韩东的初衷。韩东从来不以此衡量一部小说的好坏，他经常用来评断一部小说的标准，是能否“写飘起来”：“我……偏好传统的现实主义写作理念，但在方式上有所不同。传统的方式简言之就是将‘假’写‘真’，惟妙惟肖是其至高的境界。而我的方式是将‘真’写‘假’，写飘起来，以达不可思议之境。”什么是将“真”写“假”？怎么把一部小说“写飘起来”？这些话，不怎么好理解。

除非信口开河或故弄玄虚，否则，一个写作者的所言，即是其所信。如果我们不怀疑韩东谈论写作的诚意，那他的新长篇《欢乐而隐秘》，就应该体现他自己的主张。

小说叙事始终存在一个难题，即写作者本人或由其设定的叙事者，会因其自身局限而对作品中的人物削足适履，自觉或不自觉地把他们框范在写作者本人的道德或情感辖区，从而使小说显得充满说教或处处人为的痕迹，失去浑然之美。为保证虚构中的世界不因作者或叙事者眼光的强硬加入而变得滞重，作者或叙事者应该意识到自己的局限，不轻易评断作品中的人物，从而保证叙事在一个完整的世界里进行。这个受限的叙事世界，相对于真实世界，无疑是假的，却保证了小说世界的真——避免了作者或叙事者对虚构世界的人为干扰。

《欢乐而隐秘》的叙事者乍看起来有点暧昧，好像是“我”秦冬冬，却又用全知视角展开。用全知视角来看这个作品，人物显得有些单薄，王果儿父母是天下卑微父母的漫画；她先后的两个男友张军和齐林，几乎都是扁形人物，张军贫穷而贪财好色，齐林富有而天真呆萌；作为男闺蜜的“我”，清心寡欲，一心向佛。

仔细读，却发现虚拟的全知视角，仍然是秦冬冬视角的延伸。作为王果儿的男闺蜜，“我”能接收到的与王果儿有关的信息，都是她提供的，因而即使对与她有关的人物的虚构，也建立在她提供的性格信息基础之上。从这个方向上看，王果儿身边人的特征，虽然由看似全知的视角叙述，实际不过是对他们不太熟悉的“我”，转述了王果儿的判断和想象。而“我”自身，既然要维持心无旁骛的学佛姿态，自然会避免暴露自己欲望或情感的复杂性。在这个叙事逻辑里，王果儿提供给“我”的信息最多，“我”对她也接触和了解最多，她也就天然地在小说中最为复杂饱满。

或者可以这么说，《欢乐而隐秘》几乎消除了作者或叙事者可能加于人物的局限，他们身上存在的所有问题，都是人物本有的，包括作为人物的叙事者的局限。因而在这个小说中，任何一处对人物产生道德或情感指责的地方，都不应看成作者或叙事者的说教，代表着最终结论，而只是一个人对另一个人的感受，比如秦冬冬对王果儿的判断。作者即便使用了轻微的反讽，也并不在这反讽上过于着力，不致让人觉察到作者的价值立场。

借助自己的叙事策略，韩东取消了作者主观的价值判断，确保了自己在小说中始终如一的怀疑精神。韩东曾声称，他的写作“不相信任何先入为主的东西，不相信任何廉价得来的慰藉，不以任何常识作为前提，它的严肃性不在于它有无结论，而在于自始至终的疑问方式”。《欢乐而隐秘》“虽然涉及一些信仰或迷信因素，但并没有给出肯定或否定的答案。如果我这样做了，那将是不可原谅的。对信仰、迷信的一味嘲讽是一种轻狂，和布道的严肃、大言不惭在我看都是一回事，吃相都比较难看”。

在接受木叶访谈时，韩东说：“我对小说技术、方式、方法所有这些东西的理解，就是我得运用，我得打人。”借用这个打拳的比喻，韩东小说的叙事很像太极拳中的消除力点训练，因为自身的放松和灵活状态，叙事者并不事先确立自己的观看方式，而是在讲述中随时调整自己的视角，从而保证了叙事抵达要害时的准确和有力。《欢乐而隐秘》几近完美地实现了韩东的叙事理想，叙事视角有可能带来的滞重感，因为作者的高度注意，几乎随时可以被消除，从而保证了小说的虚构世界不被一种或隐或显的全知评判拖累，而能始终处于某种飞扬状态，“写飘起来”了。

三

放在不是很久以前，我更欣赏的，是福克纳写《喧哗与骚动》那种类似的艰苦探索：“一开始，我是通过一个白痴小孩的眼睛来说这个故事，因为白痴只晓得发生何事，不会知道事情为什么发生，我想，让他来看比谁都恰当，效果也更好。但我发现这样无法把故事讲清楚，于是我加进另一个兄弟的眼睛，又不成，再一次，我用上第三个兄弟的眼睛，可是小说依然残缺，我只好自己跳出来扮演第二人称叙述角色……这部小说还是不完整，一直要到这本书出版之后整整十五年，我在为另一本书做附录时，这整个故事才算完完整整地从我心中浮现出来，我自己也因此才从这个困惑的梦魇之中得着些许的安宁。”这样的小说，即便有时候紊乱、缠绕甚至矛盾重重，我都会被写作者的卓绝努力激励，因为它们背后，有一个作者努力达至的完美企求，在曲曲折折中呈现出一个完整的东西——没错，我喜欢的，就是这种完整。

其实，至今我也不是很喜欢支离的东西。比如《欢乐而隐秘》，这种主题不清楚不明朗，探索不彻底不深入的小说，所为何来呢？小说除了一个看起来落入俗套的深入的小说，有什么东西吸引着我，才会让我不致在阅读的中途废而不观？

我总觉得，如果一直拒斥支离，我肯定错过了什么重要的东西。细想起来，这种对支离的拒斥，差不多是因我对完全覆盖性理解的热爱导致的。我希望精神领域的问题，是层级性进展的，其间有分明的高下，高者应该完全覆盖并可以替代低者。就像电脑程序的升级，新的高级程序应该兼容此前的低级程序，后者会被前者完全覆盖，同时失去其存在意义。

但小说并不只写思想的演化，更多是对人生的模拟，这就难免涉及各种各样水平不等的人。用秦冬冬懂得的佛教语言来说，人的思想总是有漏有余的，不是多出一点，就是少出一点，不可能在每个点上都恰恰好好。与此同时，思想上较为高明者，因为性情和境遇的问题，也不可能在人生的每一个问题上，都能确定地站在高处。即使真有一个人，在每个问题上都更为高明，与他或她接触的人，也会因自身的较不高明而无法理解其高明。也就是说，即使真有所谓高明者，在小说的世界里，这高明也不会是覆盖性的，而只能在一地鸡毛的生活中，相应地表现为参差不齐。

从这个意义上讲，每一个进入小说的人物，无论水平高低，就都有了被反讽的可能。在《欢乐而隐秘》里，未经反思的个人主义者王果儿需要被反讽，半吊子的佛教爱好者秦冬冬需要被反讽，不谙情事的齐林需要被反讽，粗鲁低俗的张军需要被反讽，俗气熏天的王果儿父母需要被反讽……以及每一个反讽者也需要被反讽。可是，即便所有互相抵牾的反讽叠加起来，也不应该是一个嘲笑——就像莱辛的《恩斯特与法尔克》里提到的："人之间的联盟可能来自互相抵牾的个人性情，也可能引发个人性情的相互抵牾——然而这些抵牾可能自有用处。"

什么用处？齐林去世之后，王果儿失去生趣，不饮不食。父母虽然关心，却无计可施，只好把她送到秦冬冬那里。秦冬冬一番关于因果的说辞，让王果儿动了心，决定不死。后来情形反复，王果儿又一意求死，在秦冬冬临时编造的灵魂转世说影响下，大喜过望，从张军处借种成功，顺利诞下一男婴。这样的阴差阳错，差不多是出闹剧，让人哭笑不得。不过且慢！在王果儿的喜怒无常、父母无知的关心、秦冬冬的信口乱编、张军贪求财色的配合下，这出不断翻转的闹剧，最终完成了一样使命，王果儿免于死亡——对一个人来说，这是件很大的事：那些并非安排的抵牾，果然有它的用处。

熟悉韩东的人大概看出来了，这种由参差不齐的人的各种会遭到反讽的行为构成的生活，正是他小说致力的“多种的抑或无限的可能性”。这种生活，不是具有时代特征的时髦事物，不是具体的知识和生活常识，不是别人拥有的生活，也不是“更多的生活”，它是常恒的、本质的，你不得不接受的那种生活，也就是每个人都不得不经受的命运。

梁鸿，对准真问题

早在梁鸿因两本“梁庄”广为人知之前，我就读过她文学批评和文学理论方面的文章，材料功夫细密，论述干脆利落，显示出扎实的学术准备和攻坚克难的决心。说起来有些狂妄，我当年阅读这方面的文章，并不是想着学习，而是为了放弃——如果一个人没有在文字中清晰地表达出自己内在的卓越，我就不再关注。梁鸿呢，虽然在文章里有些自己的心得，总体还笼罩在所谓学术的框架里，读下来偶有所得，却也说不上太大的启发。我本想果断放弃关注，但不知为什么，又偶尔会想起她文章中的话，仿佛写下了某些灵光闪耀的时刻，因此就一直放在了留心的名单中。

大概是因为留心，梁鸿的《中国在梁庄》出版的时候，我就买了一本，读罢，不禁有点吃惊。在这本书里，我看到一个处于倾颓和流散之中的乡村，那里充满破败和衰老的气息，正与我感受到的家乡境遇一致。尤为难得的是，梁鸿在写作中有意识地克服着外来视角，作为其中的一员，把自童年开始的乡村经验和她用身心感受着的颓败乡村的喜怒哀惧，一起写进了书里。或许正因如此，这本书摆脱了关于乡村的作品里习见的牧歌或挽歌气息，掀开了被很多人主动遗忘或被动屏蔽的现实帷幕，让人意识到一个不断处于变化中的世界，听到它的喘息，看到它的伤口，感受那与我们置身的生活息息相关的一切。

应该是在这本书的后勒口上，印着梁鸿的一张照片，圆脸、半长发，笑容里还有着校园时期的青涩，衣服看起来也不甚合身，让人觉得她还没有完全长成自己的样子。看过《出梁庄记》，我更加深了这个印象。这本书，几乎是《中国在梁庄》的延伸作品，梁鸿继续着对乡村的关心，去追踪一群离开梁庄进入城市的人。这是值得好好书写的一群人，梁鸿也写出了他们普遍的窘迫和卑微，辛劳与困顿。从这本书的材料准备和后期整理，能见出她所费的心力，也能感受到她急切地想要做点什么的用心。因为没有童年和少年经验可以借鉴，这花费了心力的作品让人觉得不够致密，能看出未经好好消化的痕迹，很多地方暴露着采访时的粗粝毛糙。更为重要的是，因为是采访，《中国在梁庄》基本上避免了的外来视角，大面积地侵染着这本书，我们虽看到了离开家乡的人们艰难的生存境况，却也似乎看到他们对着录音笔略带警惕的眼神。

应该是读完《出梁庄记》后不久，我在一次会议上见到了梁鸿，不禁对自己引以为豪的相貌判断暗叫一声惭愧。此时的梁鸿，早就褪去了照片上的青涩，面部的线条由圆形趋于向上，一件风衣也让她显得干练挺拔。在那次会上，梁鸿没说几句话，却让我受到了触动。她说在写“梁庄”系列之前，自己越写文学评论方面的文章，越觉得离这个世界的实情远，因此放下当时的写作，回到了生养她的梁庄。在那里，她说自己遇到了真问题，以后会沿着这真问题写下去。应该就是这个真问题，促使梁鸿写下了“梁庄”系列文字，也让她慢慢长成了自己的样子。我向来相信，一个人有了自己的样貌，摸准了自己的语调，某种限制才华的阀门会被打开，独特的文字即将出现。

即便如此，我仍然对梁鸿进一步的写作抱着谨慎的乐观态度。那些生活在梁庄内外的人们，虽然有着属于自己的穷苦、挣扎和不一样的命运，也有作者的同情在里面，但大多没有自己独特的精神生活，因而也就看不到他们每个人清晰的纵深背景，“梁庄”系列还差不多是一幅前景和后景交织在一起的画。或者说，梁庄中人，都还孤零零地突出在一个荒凉的背景之上，单纯、明确、坚决，指向的似乎都是一个个极难解决的社会问题。我很怀疑，这种背景与人的分离，正是书写乡村者最该意识到的悖论——跑得太快的现实（背景）抛下了行动迟缓的人们，难道不是写作者为某种方便虚拟的境况？现实和背景，不从来是应该跟人长在一起的吗？

还不等我的怀疑生根发芽，勤奋的梁鸿就写出了她的“吴镇”系列《神圣家族》。或许会有人以为，写出非虚构“梁庄”的梁鸿转而写虚构的吴镇，是为了文体的试验或是出于某种虚荣，我却觉得，这是梁鸿感受到的那个真问题的驱使。比“梁庄”系列深入一步，在这本书里，人物连同他们的纵深背景，被一起放置在一个混沌得多的世界上。《神圣家族》里不时提到的算命打卦、求神问卜、装神弄鬼、各路亡魂、各种禁忌、各样礼数，都跟人生活在一起，参与着人的日常决定。人的各种行为，都牵连着一个更深更远的世界，由此构成的复杂生活世界，所有的行为都复合着诸多不可知和被确认为理所当然的元素。这些元素氤氲聚集，跟可见的生老病死、衣食住行、吵架拌嘴一起，用丰富刻写着吴镇的日常，也纠正着人们对乡镇只被经济和现代精神统驭的单向度想象。

这个容纳了各样复杂礼俗的精神世界，是“吴镇”较“梁庄”多出的一部分，既显现了乡镇生活丰富的一面，却也提示了另外一个更重要的问题，即随着现代化的进程，这一涵容了复杂精神层次的心灵世界，早就在被揭穿之中，与此相关的乡镇风习，也在被逐渐荡平，呈现出较为单一的样式，从而使精神生活有了城乡同构的趋势。在这个镇子上，你会看到敌意和戒惧，少年人无端的恶意；你会看到寂寞、无聊、颓废，人默默习惯了孤独；你会看到很多人变得抑郁，自杀形成了示范效应；你会看到倾诉、崩溃和呆滞……这是一个慢慢崩塌的世界，并毫无疑问到就是现实。只是，在这个现实里，人并不是跟不上时代的落跑者，而是跟各种现实牢牢纠缠在一起。

《神圣家族》里的人物，往往声口毕肖，有他们各自的样子，也有各自复杂的心事。读着读着，你堪堪要喜欢上某个人了，却发现他有自己的缺陷；刚刚对一个人心生厌恶，他却又做出让人喜欢的事来。这是一个无法轻易判断是非对错的所在，你轻易论断了别人，别人也会反过来论断你。在这样一个世界，你应该多看、多听、多体味其中的无奈、辛酸及笑容，如此，吴镇，甚至所有大地上的村镇，才不只是一个人实现自己雄心的泥塑木偶，人们也才真的会显露出自己带有纵深的样貌，愿意与我们生活在一起。梁鸿几乎是主动承担起了在两个世界里穿梭的责任，不管乡村怎样衰颓，精神的转化多么困难，周围的环境多么糟糕，她都不抱怨、不解释、不等待，不以这些为借口退进一个世界过自己的安稳日子，而是忍耐着两个世界的撕扯，做自己能做的，既让自己不断向前，又为未来的某个改善契机积攒着力量。或许正是这个原因，我们在《神圣家族》的颓败和腐烂、无奈和悲伤之上，感受到隐秘的活力。

没错，这隐秘的活力，就源于梁鸿对准真问题的不断精进，那无限广大的乡村，无量无数的人们，仿佛都跟她有关。她得一面感受着这休戚相关，一面用自己的文字把这相关表达出来。如此的相关，甚而至于未来乡村的重建，精神产品的丰厚，都并非一个既成的事实，而是需要我们一笔一画写出来的。跟着这认真的一笔一画写下的，也是每个写作者自己的命运："如果他无法迫使自己相信，他灵魂的命运就取决于他在眼前这份草稿的这一段里所做的这个推断是否正确……没有这种被所有局外人所嘲讽的独特的迷狂，没有这份热情，坚信'你生之前悠悠千载已逝，未来还会有千年沉寂的期待'——他也不该再做下去了。"

前几天见到梁鸿，发现她在干脆利落之外，不知出于什么原因，眉目间多了点忧思。这忧思虽只是偶尔闪现，却可以判断是来自最切身的地方，因而也让她的自我更加具体起来。她说起手头正在写的一个较长的叙事作品，还有她藏在心里的好多研究计划。语速很快，那些正在和将要被写到的东西，似乎已经迫不及待地要冒出头来。我一时没有完全弄清楚她要写的究竟是什么，但可以确认的是，不管梁鸿要写什么，也不管她用哪种方式写，这个已经把切身的忧思加进了自我样貌的人，都该在我的关注范围之内。

第四辑

功过格

解“老阴”

——赵月斌《沉疴》

高中的一个暑假，我正在家里睡午觉。热大概跟黑一样有什么魔法，吸收掉了世界上所有的喧闹，周围无限安静。苍蝇在耳畔萦回，嗡嗡声仿佛来自洪荒。忽然，有另外一个声音传来，先是跟苍蝇的振翅声夹杂在一起，渐转渐高，慢慢压过了嗡嗡声。我在半睡半醒之间，越来越清晰地意识到，那是一个老年女性的声音，没有另外人的回应，只她一个人在独白，语调抑扬顿挫，听久了，就有了如泣如诉、如怨如慕的意味。

如此长歌当哭似的怨诉，最终败坏了我的午睡，头脑完全清醒之后，我便到屋外去看。只见一个老太太站在儿子邻居的屋后，手持一把扫帚，边挥动手臂有节奏地虚扫着一块地方，边汩汩滔滔涌出骂人的话。被骂的人是谁，始终没有点明，只听得对方千般不是万般过错，却也不知究竟是什么罪名。我在别人点拨之后才明白，这老太太的行为，就是骂街——不指名道姓，谁要接一句她的下茬，那就坐实了自己是那个活该被骂的人。

那天下午，老太太足足骂了三个小时，直到嘴角的白沫堆成了一个个疙瘩又一个个消失，这才宣告结束。鸣金收兵的瞬间，老太太收帚而立，微驼的身子挺直，脸上笼着一层寒意，目光凛冽地盯着邻家屋后的窗户，几乎有了张翼德长坂坡喝退曹操百万雄兵的气势。喝骂的原因呢，父母后来告诉我，是因为儿子和儿媳吵架，邻居去劝开了，老太太非常不高兴。劝架怎么会引起母亲的不高兴呢？原来老太太平常就不喜欢自己的儿媳，很希望借夫妻吵架的机会让儿子打儿媳一顿，邻居的劝解让她的设想落了空，于是便有了这场独角戏。

读赵月斌《沉疴》的时候，不禁就勾起了我以上的回忆。我记起的这位老太太，回想她平日的所作所为，非常类似《沉疴》中的“奶奶”——凶狠的詈骂，无端的责难，罔顾情理的偏爱，无视事实的谎言，经常性的喜怒无常，间歇式的倚老卖老，不断搬弄是非，给周围的人带来麻烦甚至灾难，到最后却把责任转身推给别人，自己继续永远正确和凛然不可侵犯。对这样的老太太，你也几乎无法把自己的好意传达给她，她对这世界和世界上所有的人充满敌意——因为我曾经吃过的苦受过的累，因为我对世界和你们做出的贡献，我已经获得了某种道德豁免权，不论你们怎么做，都还欠着我，都还对我不够好，因此你们受到我的冷落甚至攻击，是你们活该得的，含冤抱屈的你们，跟我讨价还价，根本上就错了，永远不可能对。

《沉疴》中的奶奶，更加变本加厉。她年轻时便有偷窃的习惯，因此被自己的婆婆扇过耳光，而这，也成了她可以欺压儿媳的资本——从来便是婆婆虐待媳妇，你有什么可抱怨的？这偷窃的习惯一直未改，不用说对别人家的财物顺手牵羊，她还偷父亲，偷儿子，偷女儿，并鼓励自己的孩子偷盗。其表达善意的方式，竟可以是偷二儿子的粮食给三儿子。她似乎觉得二儿子的日子比三儿子的更好，便来行杀富济贫之道，其实不过是用这种方式恩赐给三儿子更多的关爱，以此赢取回报。当三儿子的表现没有达到期望的时候，反目成仇就成了必然。在奶奶这里，自我利益是个核心，围绕这一核心，周围的人被一层层确认，先是女儿，再是孙子，再是儿子，再是儿媳，再是亲戚，再是外人（儿子之所以被划在靠外的层面，其实是儿媳的原因，儿媳总归是外人）。外人和亲戚不经常见面，因此，攻击、仇视、怨毒、扫兴便常在家人范围里，由内而外，越在外圈遭到的打击越凶猛，有时几至关乎人命。

也果然是人命关天的事，小说选择的时间节点，是“爷爷”过世前后。所谓“生要人，死要人，无事端端要何人”，生死之际特别需要人手，家人亲朋麇集，各种意见纷纭，又因几乎每事都需要决断，矛盾特别容易集中爆发。围绕爷爷的治疗方案和身后事的处理，赵月斌写得绵密，让每个人的意见连带他们如此建议的原因，都细致地呈现出来。让人觉得无比伤心的是，除了少数几个，大部分人并未把爷爷本身的感受和对他的治疗作为首要考虑对象，而是以他的病为支点，撬起自己的利益，扩张自己的颟顸，似乎不搞个鸡犬不宁，内心便得不到满足。当此时，奶奶显得尤其重要起来，她一时急命求医，一时又对巫术深信不疑；一时对女儿怒目而视，一时对儿子恶言相向；一时索要对丈夫更多的治疗，一时又只求其尽快离世。等爷爷在无数的折腾中真要去世了，她竟把将死之因归咎于别人的探看，是来人妨（不利）了他。

《沉疴》共九章，每章用“三、二、一、〇”结构，“三为何斯自述，二为《沉疴》原文本，一为何斯父母口述，〇为何斯注解”。这当然不妨理解为小说写作的故弄玄虚，却也真实地让叙述的世界复杂起来，编织出一个复杂的社会生态。何斯的自述带有自我情感色彩，不少事情出于耳闻；《沉疴》原文的叙述相对滤去了个人情感，叙述距离拉开了些；父母口述则更进一步，由耳闻转为身经，感受度得以加强；注解则不但解决了书中部分难解的方言，更无意间搭建起一个礼俗的世界，给书中奶奶的嚣张和父母的忍让提供了理由，让阅读者窥见世态中的种种无奈。这由四个文本交织出的世界，既是一个日常的人间世，却也是一个由奶奶主导的世界，她以私利为基础，用孝作依仗，将老作武器，逞强好能，任性使气，把自己和周围的人都团在愤懑和怨怒之中，欲脱出而不可得。对这个被极度怨愤笼罩的世界，你会不自觉地希望离远一点，因为里面有太多太多不可理喻的事务、无法说出的委屈。

我记忆中的那个老太太和《沉疴》中的奶奶，差不多正是“老阴”之象。老阴为阴中之阴，“阴自八退六为老阴”，是阴的事物中又分属于阴的一面，差不多是衰老的顶点，不能化育出任何积极和有活力的东西。就如一个生长的过程，高峰过了，人却不肯承认这个现实，反而“越来越僵化，越来越顽固，越来越要把持”，于是便不免越来越显出苍老的蛮横。这蛮横有一种骄横的无辜，它永远清白，永远正确，却不断地变身为幼态的天真和衰老的可怜，把自己因老而来的衰弱和由老而至的顽固，带上唯我、狂暴甚至嗜血的芜杂特征，搅扰别人的生活，也毁掉自己的平静。它迁怒、贰过、旧怨不解、新仇不忘、利己或损人而不利己、索取无穷而绝少回报，它能把所有的善事都转化成恶意，把别人的宽容作为自我的荣耀。

最可怕的是，这老阴具有传染性。文中的姑姑们，即小说中所称“三个可耻的女人”，其实已趋向老阴。她们沾染着母亲的习气，虽不偷盗，却也不放过任何一个制造事端的机会，把一家人分成亲疏远近，根据利益调整跟不同亲人的关系，对富亲戚榨取，对穷亲戚鄙视，硬生生把自己做成了一只茧，吐出愤恨的言辞，自己缠缚在越来越硬的壳里。更让人心惊的是处于“奶奶”辖制下的母亲，也不觉在某些时候流露出怨毒的神色，让人意识到，这几乎是最不该与此有关的人，也被对婆婆的怨念侵蚀着，沾染上了致命的老阴之疾。孙辈们呢，则已经是诅咒了：“那个时候我萌生过种种邪恶的报复念头，我甚至恶狠狠地诅咒，那个坏老嬷嬷怎么不死呢！”这致命的蔓延，显示老阴已变成了一件为某个秘密目的制造的生化武器，撒播到哪里，哪里就是一片僵化景象。

虽然《沉疴》复杂的结构方式看起来是小说的虚构游戏，但我很怀疑这书中的故事是作者身经的事实，起码大部分情景是完整的心理事实。这里面的郁结太深了，深到如果这不是切实的身心感受，让人觉得无法想象。我甚至想大胆推断，《沉疴》记录的是作者青少年时期感受到的来自亲人的极端伤害，极端到如果不用文字写出来，这伤痛就无法安抚，而委屈会在心里磨成利刃，切割他自己的心。带着这样的伤痛写下的文字，难免其中有很多不平之气，有时简直就是仇恨。这仇恨之刀刻画出了奶奶的老阴形象，却在刻下的同时，阴毒之气内侵，写作者不小心就会成为老阴的另一个受害者。

当然，阴阳之气始终相刃相靡，再多的怨恨，也会在缝隙里不经意流露出些许暖色。不用说小说中的父亲，因为母子连心，始终没有对奶奶太不恭敬，即使在老阴侵袭时首当其冲的母亲，也没有完全放弃奶奶，还劝说自己的孩子："她是个老的，是你大（爸爸）的娘，能跟她一般见识？"连快成为奶奶翻版的姑姑们，也没有完全不可理喻，她们还利用各种机会曲折地表达着跟兄弟们和解的愿望，有时还可以算得上是略知惭愧。就连看起来沉疴不起的奶奶，"也曾经像模像样地关心过我们"，她甚至在爷爷去世后嘱咐闺女们："你嫂精神不好，咱都得担待着点，别给她当真。不为她得为你哥，不为你哥也得为你爹。"那看起来最不可思议的撵爷爷快走（去世）一节，也在詈骂之中存着点善根："你个老婊子孙子你怎么还不走？你赖这里干吗？你怎么还不走？你这走了，儿孙都托你的福，三顿饭都留下了。"当地风俗，死者逝于早饭前，则为后代留下三顿饭，子孙有福；死于晚饭后，则把后代的饭都吃尽了，子孙无福。这话虽戾气冲天，毕竟看得出良知并未全泯。这未泯的良知，恰是老阴毕竟未成大过（阳全陷入阴）之象。

作者既然看到了老阴复起之象，当然跟他对此情形的认识有关。何斯在自己的手记中写道：“对于爷爷奶奶，我仍然保持一种理性上的尊重态度，但其中缺乏应有的亲情。”这段话之下，他又做如下解说：“理性，这个冷冰冰的词竟与感情牵扯到一起了，真让人没办法。事实上，我也没有那种刻骨的仇恨，我也在寻找原谅他们的理由。弟弟已经表现出既往不咎的宽容来，父母更是淡忘了过去，我也在追忆的过程中渐渐失去了原来的愤慨，一切都趋于平淡，就是这样，我们都还在生活。”这种宽容和原谅的态度，虽是老阴化解的消极方式，却已经触发了更深入的解决契机。

《西游记》中，菩提老祖为石猴取名：“你身躯虽是鄙陋，却像个食松果的猢狲。我与你就身上取个姓氏，意思教你姓‘猢’。猢字去了个兽傍，乃是个古月。古者，老也；月者，阴也。老阴不能化育，教你姓‘狲’倒好。狲字去了兽傍，乃是个子系。子者，儿男也；系者，婴细也。正合婴儿之本论。教你姓‘孙’罢。”老阴不能化育，但每个不能化育的个体里面，仍有一部分是不老的，只是绝大部分人把这不老的部分当作人间的恶意，让老阴走向了极致。如果那个不老的东西能感受乃至接收吸纳到新的气息，在到达顶点之前化掉其中凶暴的戾气，或许老阴将有一阳来复的景象？

如果，真的是如果，有一条时空隧道可以打开，我和作者都有机会知道一点解老阴的可能，然后回到当年与骂街老妇和可恶奶奶相处的时刻，在抵触和厌恶之外，会不会还有一点别的可能？如果，这次是真的如果，我们无法再回到那个时空之中，那么，我们会不会有可能用自己的笔写下那点微弱的可能，即便无法转阴为阳，也可以给她们的近死之心一丝微弱而迢递的安慰？听说赵月斌准备重启一段与此相关的写作，我不禁就有了这样一点念想。

灵魂自言自语的样子

在柏拉图的《申辩篇》中，苏格拉底说："从我小时候，耳边就经常出现某种声音，每当它出现时，总是阻止我要做的事，却从不鼓励我做什么。"这个经常在耳边絮语的声音，希腊人认为是每个人的守护神，其拉丁文转写是 Daimōn，英文写成 divinity，更细致的翻译是 companion spirit，有人译为"伴灵"，也就是后来赫拉克利特"性格就是命运"这句话里的"命运"。在有些传说里，这个伴灵可以被召唤出来，因此，人们得以看到它的样子，甚至能够见出其程度的高低。不过绝大部分时候，伴灵是不显现的，对很大一部分人来说，其显现甚至是绝无仅有的；而对另一些人来说，伴灵的显现是常态，比如对某些专注于精神生活的人来说，比如对写虚构故事的、喜欢想象的小说家来说。在我看来，王苏辛应该就是一个常常跟伴灵对话的人。

如果我们还不习惯提起伴灵，那就拿梦来作比方好了。在梦里，我们遇到障碍或追击，就会不停地绕行或奔跑，以便尽快逃开那让人不快的一切。不管最终会逃向哪里，在逃跑的那些瞬间，我们的确感觉到了轻松，仿佛远离了纠缠着我们的困境，找到了自由呼吸的可能。对习惯想象的人来说，一旦在现实里遇到让人不快或无能为力的情境，他就很容易逃进另外一个世界里，在那里大口大口地喘气，直到把自己心灵的伤口一点点治疗完毕，才能以较为平静的神态重新走进现实。

如果那个喜欢想象的人恰好有能力写作，我们毫无疑问会看到种种虚构作品。像卡夫卡在《桑柯·潘萨真传》里写的那样，桑柯·潘萨“通过提供一系列骑士和强盗小说，在晚上和夜间把他的魔鬼（他后来给他起名叫堂吉诃德）引了开去，那位于是毫无顾忌地做出了世上最疯狂的事情。但由于没有预先定下的对象（本来这个对象正应该是桑柯·潘萨），所以这些事情对谁都没有损害”。在卡夫卡的这则笔记里，写作者是在日常中其貌不扬，甚至是被侮辱与被损害对象的桑柯·潘萨。为了避免自己遭受的侮辱和损害被施加到与自己命运一致的另外一些桑柯·潘萨身上，提笔写作的人把他的不屑、不满、不忿，写进了自己编织的故事之中，并且只让它们待在故事之中。

王苏辛的这七个短虚构，把她自己儿童和少年时期因孤独、误解、管制而产生的寂寞、愤恨、不平，把自己在未成年时对大人世界的揣想，对摆脱限制的自由的向往，对周围凶蛮世界的敌意，都用变形的方式，写在了小说中。因为无数人对青春的赞颂，人们往往会忘记，年少人的心里，装的可不只是天真和无邪，也有不管不顾的魔鬼。“青春这件事，多的是恶。这种恶，来源于青春是盲目的。盲目的恶，即本能的发散，好像老鼠啃东西，好像猫发情时的搅扰，受扰者皆会有怒气”。王苏辛没有人云亦云地去美化青春，当然也没有刻意地反其道而行之，她努力把自己青春时的感觉，又认真地感觉了一遍，然后用自己的方式写了出来。

大概需要稍微强调一下，王苏辛的这批小说，构拟的世界非常奇特，但这奇特却并不随心所欲，而是在虚构里有其自身的完备逻辑。那些离婚后变成雕像的人们，那些异化为动物的大人，那会把自己笑死的一群，那在热天里变小变薄的集合，那人吃了猴子肉即变成猴子的饭店……都奇形怪状到让人感到惊异，却又坚决服从着虚构本身的逻辑。人在那个奇怪的世界里存身，并自然地展示出生存的饱满细节，成长得枝繁叶茂。稍一恍惚，我们会觉得世界上真的存在那么一个地方，有着这么多奇奇怪怪的人。你无法确切知道这些奇奇怪怪的想象最终的指向是什么，但可以肯定的是，这里面一定有某些东西真实不虚，即便在变形之中，我们也容易看出那里面切实的痛痒相关。

我们可以想象，跟任何一个桑柯·潘萨同样，王苏辛白天有自己的工作，但作为一个向往自由的人，每到夜晚的时候，她便专注地跟随着自己创造的堂吉诃德，从中“得到莫大的、有益的消遣”，也消化着青春遗留的悖逆感和不适感。如果一个人真的有随时能变形的灵魂，而且这灵魂能小声说话，那么，这些小说会不会恰是灵魂自言自语的样子？只是，对这青春经历的一切，作者并没有完全调伏驯养，因此，在这批作品里，还残留着很多突起和倒刺，勾连着青春的怨念和恣睢，即使在虚构的世界里，也偶尔会带出戾气，在果决勇猛的同时，连带显出不够柔和的样态，稍显出残留的暴躁的拘束。

那个能够小声说话的灵魂，如果不时对着我们的耳朵说话，那这灵魂就是我们开头提到的伴灵。这伴灵有不同的层次，据说普罗提诺的伴灵根本就是一尊神，对他来说，只要“一如既往地使他那灵魂的神圣之眼凝视这位伴灵”就行了。而对未入神阶的普通伴灵来说，它必须不断地调适自己，让自己的程度越来越高，化除掉遇到阻碍时的逃避和线性反抗方式，不断反省，一点点放松下来，纯净下来。如此，等它附耳对我们说话的时候，那个轻微却坚决的意见，才能如苏格拉底听到的一样，真的值得我们听取。把问题转换到写作上，不妨说，喜欢想象者的写作，就是伴灵不断自我认识的过程。伴灵的程度越高，容纳面越宽，一个人的写作水准也就越高。如果说得坚决一点，伴灵即写作达至的程度，就是一个人的命运状况。那个在写作中不断进步的人，写下的从来不只是作品，他也一笔一笔写下了自己的命运。

小说家的功过格

古人有一种叫作“功过格”的东西，在一张纸上画上棋盘似的格子，一个格子是一天。每天将过完的时候，静坐思省，做错了什么，用墨笔在当天的格子上点黑点；做对了什么，用朱笔在对应的格子上点红点。一年下来，要在神明前按黑点的数目责打自己。这样一年年诚恳地累积下来，黑点逐渐减少，红点越来越多。

读劳枪（朱耀华）的小说集《小抽屉》（作家出版社，2014 年 5 月版），让我想起了上面的事。我很怀疑，对文字苛刻的劳枪，就是这样对待自己的小说的——头天写下不多几个字，第二天再看，这不多的几个字大部分成了黑点，只好从头一个个换过。直到通过自己严厉到几乎苛刻的标准，黑点才成了红点，小说才可以继续写下去。

这种对文字近乎洁癖的写作方式，最容易被人质疑的是雕琢过甚，难以卒读。这里隐藏着一个极大的误解，好像最好的写作方式是汩汩滔滔，泥沙俱下，全是从心灵里自然流淌出来的。真相大概不是这样。大部分好小说，其实是一点一点雕琢出来的，只是因为雕琢到了巧妙的地步，反而还原为一种朴实的面貌，有自然的韵致在里面。劳枪的小说，读起来有行云流水之感，不妨就认为源于这"雕琢复朴"的功夫。

这种与造化争权的雕琢功夫，没几个人能成功。漫长的创作时间会更改一个人的情绪，让写作变得艰难，甚至产生放弃的念头。在这方向上成功，需要付出的耐心和坚韧，要超过驰骋才华的那一类。何况，一个对文字讲究到了要求准确，并期望拿捏到自然的人，要及早知道，这种准确和自然会妨碍自己才华的施展，把自己锁闭在很小的范围内。要打开这个圈套，不能只是藏拙，要试着把可能是自我封闭的领域打开甚至撕开，不断看到新的景象。否则，这样的方式会让人陷入明显的窘境。

这么说有点残酷，却可能是事实。

或许这就可以解释，为什么劳枪的《小抽屉》只有不多几个中短篇，且几乎全是二三十年前的旧作。反过来看，这种写作尝试也产生了另外一个效果，就是集里的七八个小说，居然经受了时间的考验，现在读来仍不觉得陈旧。二三十年过去了，诸多风动一时的作品早已显露出破败之相，劳枪不多的几个小说竟逃过了时间飞镰的无情切削。这当然是他对文字苛刻的报偿，同时也与他小说的内核有关。

《小抽屉》里的故事精致微妙，多是杯中波澜，人际委婉心思。“画鬼容易画人难”，这些事谁都见过，写起来就不容易讨巧。劳枪在此着力，居然写得起伏有致，风生水起。写法呢，含蓄内敛，当年的一些文体实验也并不刻意。现在看，只感觉到作者当年的沉着，并没有因为各种尝试混乱了叙事的脉络，败坏了小说的品质。我最感兴趣的是一直贯穿在小说中的那个“他”或者“我”。

整个小说集——包括纪实性的《小抽屉》——的“他”或“我”，仿佛让我们看到一个并不特别的人。这个人有自己的才华，却不张扬；有自己的主见，却不独断；有自己的欲望，却知道节制；有自己的深情，却知道把控；有自己的心事，却懂得体贴；有自己的无奈，却懂得关怀……这是个什么样的人呢？一个标准的上海男人？好像不是。一个自卑的人？好像也不是。一个平庸的人？当然不是。一个尘世里的英雄？当然更不是。他就是这样，体味着别人的委曲，也观照着自己的内心变动，他不逃避什么，也不怨气冲天，他肯与自己遇到的麻烦相处，愿意耐心地与日常的生活周旋。我不知道这个人该怎么称呼，只觉得所有对世界认真和谦逊的人，都是这样的。

这个不太好描述的人，是这本小说集的内核。这么说好了,《小抽屉》写出了一个特别的人,这个人的特别,不在于他的怪异行径和高妙思想，而在于他对自己和世界切切实实的耐心。

《小抽屉》是“他”或“我”的青年时代。如今，“他”和“我”经过了生活的历练，已经快要过完自己的“中年客”时期。我们非常想知道，这个耐心而谦逊的人，怎样走过了他现在还在小说中空白着的时光,怎样对待迎着自己而来的挫折、艰辛和小小的幸福。说得直白一点，作为小说内核的这个人，在后来的生活中，又有了怎样的展开方式？那有待写下的，永远是最值得珍视的，于是，我们便郑重期待这本小说集，会有一个后来居上的续篇；那属于小说家的功过格，会一直存留在这变动不居的世界上。

人如何说出自己的隐秘心事

——双雪涛《跷跷板》

有个朋友，年龄比我稍长，人温和踏实，很少做过头事，说过头话。有次闲聊，提到另一个年龄更大点的朋友的隐秘，他开口说，真相我们永远不会知道，也不应该去问他。我现在只有三十多岁，有些事，我也只想埋在自己心里，以后带进坟墓。我听了之后，憬然有悟。

不过，有些隐秘的心事太重了，人承负不了的时候，就会失控，比如某些心灵的空白片段，某个身体的虚弱时候，某种特殊的谈话场合，都会让人有想把什么隐秘说出的冲动。尤其是当绝症像沙漏一样泄光了人的精力，死亡已经在近身处守候着的时刻，那些层层遮盖在内心深处的隐秘，会想方设法释放出来。双雪涛的《跷跷板》，在我看来，就是写一个濒死者隐秘心事的释放过程。

“围棋十诀”第二条，“入界宜缓”，欲进入对方阵地，要徐徐图之，不能操之过急。这口诀，写小说也不妨借鉴，一个作品要表达什么，用不着急匆匆直奔过去，慢慢来就是了，绵延的生活流水，自然会在深邃的地方拧起漩涡。不足一万字的《跷跷板》，写到近四千字了，那个心事才刚刚探头探脑地露出一点，却又一闪即逝。此前此后，是人在这勤苦的世上的琐碎日常，前途并不清晰的爱或欲望，自己的及他人的故事。要到小说写到三分之二的时候，那个心事才完整地说出来，却又不知是因病而来的记忆受损，还是心事流露时本能的遮掩，我们听到的，并不是故事的全部。

或许，这样远不是（或者永不会是）透露所有真相的表达，或隐秘心事的说出方式。人即使想把自己的心事，尤其是关涉重大且凶恶的心事全部释放出来，他本人的习惯性回护，他对世人理解力的担忧，或者他对家庭的责任，都让这无法再存于己心的心事，在说出来时变了花样，化了装，有了复杂错综的样子。这个复杂错综，因为携带着说话者的所有经验和世故，就连带着写出了人心的幽微和莫测，写出了这崎岖起伏世界的真实模样——有些荒凉、有些凄楚、有些生硬，可也不乏一抹绿色、一点温煦、一丝柔软。

即使死神已经起身，那个最后的日子即将抵达，但在长眠前，仍有好多路要走，比如理清自己的情感，比如解开某个心结，比如这样的一次心事流露。那曲曲折折释放出来的隐秘，即便是凶事，却也复合着怀有心事者对世界的责任，对亲人的爱，对朋友的善意；即使对那个受害者，怀有心事的人，也会因良知或歉意的促使，而去尝试为他尽一点力。这段长眠前短暂而漫长的路，最终不只是给了濒死者某种特殊的安慰，也给已死者送去了迟到的安顿。一件发生在很久以前的极端凶事，因为这临终前曲折的心事吐露，竟消除了最为骇人的那部分戾气，变成了可以观看的人间事的样子——这是不是一个小说了不起的地方?

明日即长路，惜取此时心

——周嘉宁《大湖》

习惯于精神生活的人，会有一个不小的困扰，明明希望所有的伤痛都自己藏在心里慢慢消化，极力避免干扰到别人的生活，却常常不知怎么就让人觉得受到了伤害。周嘉宁小说郁郁寡欢的气息，很容易让人辨识出来，她就是一个习惯与精神生活的人。她小说里的人物，宁可向内把自己弄伤，时常处在隐痛之中，也不愿对外界展露自己经受虚无袭来时的沮丧，以防危及别人好不容易维持的心理平衡。

喜欢沉浸在内心世界的人，或早或晚都会意识到一个问题，不用把自己的困惑和忧虑对外宣扬，只要你表现出喜欢幽静自处的状态，对习惯集体性生活的人来说，就已经是冒犯，甚至是一种冷酷——为什么你要做一个特殊的人？有什么不能对大家说的？你是不是看不起我们？如果你内心有伤痛，为什么不告诉我一声，让我也陪着你伤痛，或者起码让我知道你并不比我活得更高级？对距离稍远的人，你可以对这一系列的问题不闻不问，可是，如果这么想的人是你的身边人，甚至就是跟你朝夕相处的恋人呢？

在我看来，周嘉宁的《大湖》，就是写一个习惯于内心生活的人在恋爱中遇到的困扰。晓原和青的故事，差不多是两个不同性情的人相处的典型经历。习惯沉浸于自己内心世界的晓原，明白青所有维护爱情的努力，也愿意极力理解和配合他的表现。可是，精神属性上对日常更有兴趣的青，不管是出于对晓原精神生活方式的无端羡慕，还是出于自身对社会熟悉的明确骄傲，一直在或明或暗地鼓动晓原从过度的精神生活中走出来，理解或加入他能领受且不感到困惑的另一种看起来内外平衡的精神世界。

对娴于内心生活的人精神进攻，最容易遭受的，是对方艰难的忍受。“对晓原来说，和青一起喝酒如同惩罚，她不得不眼睁睁地看着他把一切缝隙填满，无法忍受的东西也因此而固定了下来。”“晓原不得不用更严厉的无动于衷来对抗这种不合时宜的热情。在困境中要承受她自己的厌倦已经够了，无法再消化盲目的勃勃生机。”更有甚者，虽然能体会对方的善意，但过度的劝说热情，最容易迎来的是沉静甚至是看起来冷酷的反击，“为了缓解自己的内疚，她反而对他表现出欲盖弥彰的怠慢”。

爱情是人进入他人精神或生活世界最快的方式，却也最容易让一个更喜欢与自己内心交流的人，非常迅捷地意识到自身的格格不入。晓原当然意识到了这一点，更重要也更值得玩味的是，那个与自己非常不同的人，意识到了同样的问题，“和这样一个你在一起，真的完全是在忍受……比起感情来，更担心你对我的判断是正确的”。看到这里，我不禁会想，晓原对这段感情的内心独语，是不是也可能长这个样子？他们既在忍受彼此，却又实在担心对方对自己的判断准确到无法辩驳？

如果两个人都觉得一段感情是忍受，那避免吵架和即刻分手的最好方式，是转换话题，于是，青谈起了他跟一个朋友完美的横渡大湖计划。只是，这计划几乎跟这爱情可见的结局一样，遇到了意外，大湖上起了巨大的风浪，“可能这点风浪对于大湖来说根本没什么了不起的，却对我们造成了灭顶之灾。一个小时以后，我们狼狈地爬上了渔民的船，几乎是被救回来的”。这不妨看成一个习惯精神生活的人踏入社会的有意无意的隐喻，计划做得再完美，内心的考虑再多，如果不去练习走进外在世界，设想就仍然不过是设想，绝少真实的成功的可能。

有意思的是，这个小说虽然写到了幽静自处的人，重心却从周嘉宁以往小说人物的自我怨尤和自我哀伤转向了与他人的相处。嗯，是这样的，“爱”的繁体写法是“愛”，其中的“夂”为行走之意，并非只有居于其中的心意、心思或心事。对更为严格意义上准备专注于精神生活的人来说，他必须在心意、心思和心事之外，学着与人相处，学着在世上行走。如果他感受到了外在对自身的敌意，也必须学着在内心接受并转化这一切——对他人的了解乃至接受，是意识到自己倾向精神生活的人的题中应有之义。只企望别人来理解安慰自己，那所谓的内心生活，只不过处于幼稚状态，并不具备真正的力量。

就像小说中写到的马拉松比赛，如果没有良好的准备，一意孤行，脚趾甲都会脱落，拿什么去跑完长途或人生的全程呢？周嘉宁这个小说的难得之处，在我看来，是她在努力写一个习惯内心生活的人怎样与人相处。更为难得的是，她并未因此丢掉自己不怨天尤人的习惯，仍然不夸张滥情地自然显示着自己澄净的内心。这澄净的内心，正是小说中人横渡大湖之前的纯粹心思。即便此后路途遥远，有这点心思在，人就不会偏离那些好东西太远——“久坐槛生暖，忘言意转深。明朝即长路，惜取此时心”。

婉转的光阴

每每听到“进行曲”的乐声，我心里就有一丝莫名的紧张，走路都要快起来，仿若有无限迢递的远景，等着去看，去走，去征服。这曲子已经催促了几代人，人往往刚从大起大落的潮汐里起身，即刻又被投到另一个巨变里，慌张张紧一紧心神，又匆匆忙忙去赶路。笼在这心急火燎的氛围里，大部分小说，早就慌了手脚，忙不迭地随着昂扬的节奏越转越快，几乎忘记了文字像春生夏长的植物，有风雨雷电也影响不了的、不疾不徐的内在节律。

舒飞廉的文字，让人时时想到这内在节律。他的随笔，写得真实耐心。举凡村庄的节气时令、草木虫鱼、手艺匠作、玩物吃食、家长里短，都能品咂出一番味道。人，便是在这时序变化里存身，村庄里的种种，也就与荒蛮中的飞潜动植不同，有着人的温煦，算得上草木有思、因人赋形。转而写小说，人悄悄来到布景前，却因为早知道万物有其情实，便不是置身在布景里，急匆匆在情节里起伏，而必然是在万事万物里行住坐卧，一行一动，便也带动着叶摇犬吠，水起涟漪。

“绿林记”系列，取材传奇与话本，写的是绿林，说的是豪侠，妖精也时或闪现其中，有点突发奇想，有些怪力乱神，却并不激烈。情节进进退退，遇到什么人间景致、海外奇观，就逗留着写上几笔，似乎随时要停下来，却又不断绵延过去，“好像是一道流水，大约总是向东去朝宗于海。它流过的地方，凡有什么汊港湾曲总得灌注潆洄一番，有什么岩石水草，总要披拂抚弄一下子，才再往前去，这都不是它的行程的主脑，但除去了这些也就别无行程了”。

掉头写平常人间，那支惯于描摹村庄上下四旁的笔，更加从容周致。《翠鸟》写小儿女的情感萌动，起笔却是村庄的点点滴滴，人们的热闹快活。堪堪写到主题了，却只是写看翠鸟，写一夜的安眠——“他迷迷糊糊地记得，麒麟老爹转过身后，他摸到翠莲的赤脚，又光滑，又结实，翠莲往后挪了两下，就不动了。昨天晚上，宝伟是听着隔壁的麻将声，对面李家姑婆的鼾声，像握着一个红薯一样握着翠莲的脚睡着的”。对，看完这个，我想起了汪曾祺的《受戒》，这和缓而安稳的人世情致，不闻久矣。

宝伟长大了，就有了这篇《行人》。时间来到了现在，村里年轻人出外打工，剩下的人手少，也懒，空闲了打麻将，荒草吞没了乡间小路。宝伟在哈尔滨刷墙，娶的也不是翠莲，他和春娥的孩子已长得白白胖胖。清明已经过完，他要出去挣钱了。似乎是老套的题材，年轻人向往着城市，一心在外打拼，便硬起心肠，把荒颓的乡村抛给老弱妇幼。

《行人》的重点，不是这个。那个荒草侵路的乡村，虽田园将芜，却依然杂花生于田垄，蜂飞鱼跃，鸡鸣狗吠——“青草的草腥气与油菜花的花腥气混合在一起，让人一闻，就知道清明节到了。蜜蜂成群结队游行，狗子阵，黄的、白的、黑的，钻入油菜地里更细的田埂间嬉闹”。宝伟呢，一副哈姆雷特心肠，恋着春娥和这个家，犹犹疑疑，不情不愿。犹疑也没有办法，行李还在收拾，驶向打工地的列车，下午就要进站了。

小说开始的时候，已经是早晨。宝伟父亲正牵着牛往小河堤上走，不知为什么，“面容严峻，一边甩起鞭子来，将他当作小儿子养的黄牯，抽得莫名其妙”。宝伟娘嘱咐宝伟去上坟，春娥却起床了，看着漂亮的媳妇，宝伟“心里便是没来由地，像被针扎了好几下”，不禁就想起昨天幸福的荒唐……一路这样迤迤逦逦写来，故事和情感，都不是直线的，曲曲折折，蔓蔓延延，牵丝攀藤，现实里生出新的现实，记忆里长出新的记忆，没有斩截的中断，就像阳光下绵长的人世，像丝丝缕缕的光阴。

瞎子来了，二胡叔拉着到宝伟家吃饭，就手用春娥的奶水治治蜂毒，给宝伟起个“行人”签，看看出门的前途。路上，二胡叔作了弊：“解签时就讲，今年他们家的男人不宜远行。宝伟那小子恋着媳妇，不想走。村里都走得没一个青年人，像什么样子！你给我把宝伟留下来！”签起了，是需卦，“利涉大川，往有功也！”瞎子背叛二胡叔，解开了签：“就是说，宝伟爬大山，蹚大水，逢山有洞，遇水有桥，他耐大劳，吃大苦，就能闷声发大财回来过年！”二胡叔抱怨瞎子，瞎子却心里有数，因为春娥让他劝宝伟出去，怕他心思慈、心肠软，硬要留在家里。对宝伟，春娥说，她和孩子，“以后都要搬到城里去，住你盖起来的房子，我们不该每天坐在一起看电视打麻将”。

不管什么原因，该走的还是要走，该发生的还是要发生，人们改变不了世界的运行轨迹，也不知道世界的发展究竟是好是坏，无限的向往和激烈的反对，都会让文字跟着这世界飞驰，紊乱内在的节律。那么，何如舒飞廉的这小说，细细感受尚未湮没的好景致和好心思，把生硬的时间，变成婉转的光阴？

第五辑

月旦抄

动漫作为日常教养

一代有一代的文学和艺术，自20世纪以来，随着摄影和摄像技术的不断进步，在艺术形式上，几乎面临着一个“三千年未有之大变局”，以往主要依靠纸笔的创作，面临着极大的挑战。在这个本雅明命名的所谓“机械复制时代”，此前文学绘画中虚构、想象和思考的热情，很大一部分已转投到摄影、电影、电视剧等新的艺术样式中。而20世纪中期以来快速发展的动漫，因为更灵活的投资方式和更自由的角色调遣，新世纪几已与电影分庭抗礼，近年甚至大有超越之势。作为新兴的艺术样式，动漫因为有新的领域等待开拓，新的难题需要克服，很多有天赋的创作者热情迎接了新的挑战，积极地戴上这个新的艺术镣铐翩翩起舞。

忘了哪个西方思想家曾经说过，“小说是18世纪以来日常教养最重要的构成部分”。而现在，随着人数的持续增加和受众的更为广泛，动漫之于我们的日常教养，很可能会发展成小说在此前的时代扮演的角色。动漫的水平，或许就在某种程度上标志着我们社会日常教养的水准。

前几年，我随一个旅游团去日本，同住的是一位比我年龄稍长的历史老师。有天晚上回去较早，还不是睡觉的时间，我们就打开了宾馆里的电视。日本的电视台，如果不付费，能看的只有有限几个，大多还是公共新闻频道，对不懂日语的我们，实在勾不起什么兴致。在不停换台的过程中，忽然看到一个画面——小女孩骑着扫帚从天而降，因为扰乱交通，被交警逮个正着，一个骑自行车的小男孩替她解了围，并准备上前搭讪——没错，是宫崎骏的《魔女宅急便》。历史老师跟我说，这个动漫他很喜欢，在国内已经看了五六遍，现在即便全是日语，他也几乎背得出小男孩和小魔女的对话。小男孩鲁莽地上前，没头没脑地说了一大通，然后，小魔女跟他说："如果刚刚是你救了我，我谢谢你。可是我没有请你来救我啊。没有经过自我介绍，就向女生搭讪，实在是太没有礼貌了。"

自从留意这个现象以来，我发现，在大部分国外动漫里，这样的日常教养内容随处可见。如果嫌这样的日常教养还太普通，那么，听听《钢之炼金术师》的片头不断重复的话吧："人没有牺牲就什么都得不到，为了得到什么东西，就需要付出同等的代价。"而这，还只是这部成长动漫日常教养的起点。

目前的国内动漫，往往自以为是地迁就儿童的认知能力，从而故意把情节放慢，把对话变啰唆，把复杂的人生处理得简单……如此，一旦涉及教养，就不免堕入说教的彀中，从而，动漫的水准也与动漫的受众一起低龄化了。为了避免在一个如此重要的问题上含糊其辞，必须指出，这里所说的日常教养，是蕴含在作品中的——动漫也不欢迎说教，即便其受众真的只是儿童。

有人曾问E. B. 怀特，“写像《夏洛的网》和《精灵鼠小弟》这样的儿童故事需要换挡变位吗？您的写作有没有针对某个特定年龄群的读者？”怀特答：“任何人若有意识地去写给小孩看的东西，那都是在浪费时间。你应该往深了写，而不是往浅了写。孩子的要求是很高的。他们是地球上最认真、最好奇、最热情、最有观察力、最敏感、最灵敏，且一般来说最容易相处的读者。只要你的创作态度是真实的，是无所畏惧的，是澄澈的，他们便会接受你奉上的一切东西。”有志于动漫的人，应该把怀特的这段话置于座右，从而不断激励自己在创作中奉献出自己最完美的心智。

古罗马诗人贺拉斯在《诗艺》里说：“诗人的愿望应该是给人益处和乐趣，他写的东西应该给人以快感，同时对生活有帮助……寓教于乐，既劝谕读者，又使他喜爱，才能符合众望。”不光是诗，任何艺术作品，当然包括动漫，在关涉日常教养的同时，都必须保持作品自身的艺术完整度。或者，也可以更为明确地说，不管多么重要的日常教养，都必须以敏锐而丰富的想象力呈现出来。不幸的是，想象力正是目前的国内动漫最为缺乏的。

沈从文在20世纪60年代写作的《抽象的抒情》中说，在他那个年代，因为各种原因，“艺术中千百年来的以个体为中心的追求完整、追求永恒的某种创造热情，某种创造基本动力，某种不大现实的狂妄理想（唯我为主的艺术家情感）被摧毁了”。而在我们的时代，沈从文面对的问题并未全部消除，商业社会的逼迫却接踵而来。短视的社会，当然不会对需要在作品细节中反复尝试的想象力保持耐心。双重挤压之下，我们很难奢望在目前的国内动漫中，看到作为其品质基本指标的想象力。

说到想象力，难免会有一种误解，觉得只要想象出一种奇异或罕见的东西，就是想象力了。我们有那么丰富的文化宝库，古老的神话、美丽的传说、卓绝的诗歌……只要动漫创作者从中撷取一点，在里面搅合进一点现代思想，变出各种新花样，不就自动拥有了想象力？但这只是想象力的一部分，还算不上完整。完整的想象力，就像普鲁斯特说的，是一种转化及调整已知的一切的能力。拥有这种能力，才能创造出一个完整的艺术世界，而角色，也要生动地置身这个世界之中。我们目前的动漫，缺乏的正是这种调整和转化的能力。而当动漫自身就缺乏想象这项极为重要的教养时，我们还能期待它传达出什么更为有益的东西呢？

老实说，当看到《海贼王》把《西游记》《三国演义》《水浒传》以至《格列佛游记》《木偶奇遇记》完美地转化为“大海贼时代”的各色人物和故事时，我羡慕得有些绝望，觉得好运气太垂青日本动漫界了，居然送给了他们如此出色的天才。不过，德国有句谚语说得好，“好运从来是一种品质”，与其一掷千金，凭空呼唤出色的中国动漫，并期待天才横空出世，还不如放低身段，踏踏实实从提高我们的日常教养开始。

站在姜文这边

对习惯了某些电影趣味的人来说，《一步之遥》的叙事速度太快了，想象太荒诞不羁了，前后的节奏太不一致了，对电影大师的致敬和戏谑太频繁了……不止这个电影，姜文几乎所有的作品，都是如此——不精巧、不雅致、不俏皮、茅茨不剪、泥沙俱下、莽莽苍苍、有点粗鲁、充满冒犯，却生机勃勃。它们是莎士比亚的血脉，库斯图里卡的知交；不是王尔德的后裔，伍迪·艾伦的伙伴。

这种类型的作品，像野生野长的动物，气息长，胃口好，仿佛对什么都感兴趣，什么都吞咽得下。《一步之遥》里，几乎每个角色都按自己的样子，走进这个虚构的混沌世界——除了沐猴而冠、卑琐到底的项飞田，电影里几乎每个角色，都分不清是正是邪，也不知导演对他们是爱是憎，仿佛一时喜欢，一时唾弃，一时又爱恨交织。马走日不是贾琏，可也不是武松；完颜英不是杜丽娘，可也并非阎婆惜；武六不是林妹妹，可她也没想当武媚娘……这么长的电影，里面连个王朔式玩世不恭的雷锋都没有，太煞风景了吧？

导演不简单表达对片中人物的情感，也不兜兜转转地为人物辩护；电影里每场戏、每个人物，都需要仔细辨认——哪些话、哪些动作是角色的，哪些是导演要通过角色传达的——这不是对好电影的基本要求吗？为什么《一步之遥》这样做了，就要遭到谴责？是因为其他国产电影太过低端了，《一步之遥》做到了基本要求就让人反应失措。还是我们对国产电影别有会心，一切对舶来电影的衡量标准在这里都突然失效？不必杀人诛心，平实点说，很多人声称看不懂或厌烦《一步之遥》，表达的不过是一种拒绝认可的姿态。

一部电影的目的不是事情在人身上唤起的印象，而是事件和事物本身，对观看是极大的挑战。比如，人们会很自然地追问，姜文的表演太张扬自负了吧？一个人得多么自恋，才能把有点讨厌的马走日演得如此自命不凡？

《教父》式的出场，扬扬自得的语调，作张作致的派头，马走日确实有点自命不凡。只是，这自命不凡，是马走日的性格，姜文演的，是一个活生生的人，并不是他自恋的外化。电影开始的时候，马走日就是一个说话随意、好大喜功、不负责任的破落满族后代，在自己心目中，他就该是教父那种翻云覆雨的人物。要随着故事的展开，这个人的性格才渐渐展开，慢慢变化。

姜文说，马走日“去玩江湖，最后被江湖给玩了”。影片开始，他操纵江湖，既帮着纨绔武七把钱从新洗旧，自己和朋友项飞田也出足风头，还顺带把情人完颜英推上“花域大总统”的宝座。在这个肆意营造的催眠场里，江湖人等被马走日玩弄于股掌，似乎民意可以沿着个人意志单向前进，他的志得意满也在开车奔月的那一刻到达了顶点。此后，完颜英突然殒命，形势急转直下，马走日被冠上杀人的罪名，只好天涯亡命。这个死亡事件，是电影情节和叙事的转折点，此前的华丽大幕徐徐落下，江湖一点点收紧了它的罗网。

马走日玩江湖的时候，大概不会知道，江湖里的群体，从来是不仅冲动，而且多变的，“他们可以先后被最矛盾的情感所激发，但是他们又总是受当前刺激因素的影响”。借助“群威群胆”，他们既可以在马走日营造的选美狂欢中与有荣焉，也可以在完颜英虚假的慷慨陈词中莫名激奋，当然就更可以在她死后，不问青红皂白地向马走日索要致命的谜底。

电影里，不管是观看花域大赛的名流，还是观看王天王“文明戏”的民众，人人都有一张被激情扭曲到昂扬的脸。一张张这样的脸，从不会真正追问真相，他们要的是情感和情绪的满足，以及由此引发的连绵的臆想狂欢。需要说明的是，江湖，只有作为群体才具备这样的乌合特征，江湖里的个体，仍然可以不失他们的宽容、开明、善良、正直，甚或睿智。

这一对群体的认识，是姜文历练江湖的洞见，锐利到有些伤人，却是千真万确的事实。这个洞见差不多已经延伸到电影之外，上映后各路人马对这个电影的反应，几乎在片中就预言了。不过，姜文不是通过逻辑，而是通过形象触摸这个洞见，有时一意孤行，有时又犹豫不决。他要调动自己所有的力量，从各个方向，把这个洞见题无剩义地表达出来，甚至没有必胜的把握也要放手一搏。他在电影中尝试的各种手法，甚至出现的破绽，都不妨看作为了准确表达自己洞见的尝试性努力。这大概就是姜文的胆识，他要孤绝地走到那条新路上去——“我从一开始就抛弃了安全感”。

在这个洞见的映照下，马走日潜在的性格发展，显得线索非常清晰，也让这部电影，变成了一个隐含成长的作品。那个此前不愿负责任也不敢负责任的浮夸之徒，因为无法忍受文明戏对完颜英的亵渎，唤起了内心深藏的爱意，停止流亡，显身阻止王天王；武六仗义相救后，为免牵累，他毅然走出风车，被流弹击毙。影片逻辑里，这个改变后的马走日，在民意的啸叫声中，要决定负责，差不多只能死亡。在这个难以接受却不得不接受的结局里，那个叫作命运的神祇，准确地抵达了电影的核心，底牌翻开，一出悲剧。就这样，《一步之遥》几乎迈过了属于电影的世故宿命，顽强地跟古老的戏剧站在了一起。

《让子弹飞》引发的近乎狂欢效应，让很多人盼着姜文来一个不失水准的续集。《一步之遥》却仿佛一意孤行，跟前者几乎南辕北辙。但稍微耐心一点，就不难发现，《一步之遥》是《让子弹飞》很好的延续。《让子弹飞》用横飞的荷尔蒙煽动群情，致使江湖动荡；《一步之遥》用同样横溢的才华，揭示了这个被猛烈摇醒的江湖的偏执、专横、保守、盲目，甚至血腥。说得坚决些，姜文通过《一步之遥》完成了对自我激情和江湖人心的反思，也让《一步之遥》成为一个后胜于前的合格续篇。

一个人如果对这世界有洞见，那他差不多就注定要被冷落；如果他还想把洞见用独特的方式表达出来，那就肯定遭受被谴责的命运。很不幸，姜文的《一步之遥》，一下碰上了以上两个如果。坚决一点吧，为孤绝的姜文喝个彩，因为这两个如果，因为《一步之遥》是个好电影，如果不说是杰作的话。

耐心的法律练习

——关于《十二公民》

不管声称《十二公民》好看是由于老戏骨的出彩演技，还是源于对《十二怒汉》的出色模仿，即便是善意，本质上都忽视了一个事实——这是一部有用心、有指向、精心编排的、骨子里属于中国的电影。

幽闭空间，十二个身份迥异、各怀心事的学生“家长”，模拟西方法庭，组成了现实中国并不存在的陪审团，审理一桩“富二代弑父”案。电影开始的时候，结论极为明确，十二位陪审团成员，十一位认定被告“富二代”有罪，只有一位，怯怯地表达着自己不太坚决的反对意见。是十一个多数来说服这个“不服从”的少数，尽快结束一场冗长的讨论，还是这最少的一个，提出证据和疑点，来影响其他人的意见？一个事实几乎明确的案件，怎么寻找其中的漏洞？……电影继续，悬念在争论中慢慢揭开——一个好故事。

进入幽闭空间的十二个人，有着各自不同的形体和姿态。随着故事推进，这些形体和姿态又渐渐与每个人的地位、身份、得意、失意、外界的压力、内在的委屈结合起来，人物形象更趋丰满。更有意思的是随着人物的发言，他们背后丰富的生活世界被牵连进来。甚至那些未曾出场的证人和他们背后的世界，也一并在讲述中参与进来，屋子里浮动的，不再只是“富二代”骄横或冤屈的幽灵，而是整个时代的气息。

这个时代里的人，充满偏见，各有戾气，他们抱怨外地人抢走了他们该得的一切，不满社会的种种不公，仇视不劳而富的一代，看不起现下年轻人对老一辈品德的抛弃。与此同时，他们又畏首畏尾，自私怯懦，不敢大声说出自己的主张，而是把不满和委屈倾泻到弱者和那些即将被法律定罪的人身上，甚至只是把怒火喷射到舆论所认定的有罪者身上，根本不想去追究事实究竟是什么，也不去想当事人会不会因他们未经反省的坚决主张而被轻率地置之死地。

这正是当下中国群体的现状之一。这样的一群人，必须作为意向一致的团体才可以获得安全感，并可以由此“先后被最矛盾的情感所激发，又总是受当前刺激因素的影响”。借助如此的“群威群胆”，他们可以在面对地位高于自己的人时既毕恭毕敬又口吐恶言，可以在面对富裕人群时既无限自卑又占据道德高地，可以不问青红皂白地向任何一个命案索要他们认定的谜底。电影差不多表明，这个群体从不会真正追问真相，他们要的，只是情感和情绪的满足。

不管从事什么行业，都需要天赋和不断的练习，就像柏拉图笔下的苏格拉底所说，一个共同体中的人，应该“按其天赋安排职业，弃其所短，用其所长，让他们集中毕生精力专搞一门，精益求精，不失时机”。即便像下棋掷骰子这样的游戏，“如果只当作消遣，不从小就练习的话，也是断不能精于此道的”。可不知道从什么时候开始，人们开始觉得，有关法律的一切是不需要练习的，只要有依法执行的决心和勇气，社会上的每一个人仿佛就天生具备了懂法、用法、议论法律的能力。如此想象的人大概以为，做其他事情都需要不断练习，独独人间事务中极为复杂的法律问题，人人天赋异禀，可以不经训练便可以轻松胜任。可惜法律向来是极重实践的技艺，无知而自负，仓促上阵，率尔操觚，难免处处碰壁。

电影中陪审员们无端的情绪表达，激动的高调表态，对对立方的道德指责，对异己的剧烈排斥，都显示出他们法律练习的缺乏。就是这样一批缺乏法律练习的人，操控着一个人的生死，想起来，不免让人冷汗沾襟。几乎可以确定，这是电影主创们对当今中国现实的某种隐喻，而让人欣喜的是，他们并不让隐喻停留在无可奈何上，而是在这个最容易停步不前的地方，显示出了他们良苦的用心。

八号陪审员陆刚，掀开了所谓“富二代弑父”案的真实帷幕。那些道听途说的证词、言之凿凿的臆测、慷慨激昂的断语，在陆刚时而绵密、时而果决的质疑之下，慢慢显露出大片的破绽，原先坚决认为“富二代”有罪的人纷纷转向，电影也慢慢走向尾声。在这一过程中，表现出了电影主创对法律练习的重视，并对这一练习表现出了极好的耐心，即便陆刚几次几乎在辩论过程中失去冷静，也仍然在最后关头做出了理智的选择。电影借此表明的应该是，在动辄牵扯到一个人的自由甚至生死的法律问题上，任何一个“公民”的耐心练习都是重要的。这耐心的练习，通过陆刚影响了另外的十一个人，电影创作者或许也希望通过这一变化过程，影响到每一位观影者。

令人稍觉遗憾的是，这个让人欣喜的耐心练习过程，没有能够贯穿电影始终。除了几位真正愿意去理解不同人的存在状况的陪审员，如江湖侠义的社会人士、温和的外科医生、孤独的空巢老人、龟毛较真的小保安，其他更难说服的对象，如充满火气的北京人、烦躁的小卖部老板、狂躁的出租车司机，电影直接勾连到了他们的私人生活，通过他们讲述自身的不满、委屈、懊悔，进而让他们对受审对象产生同情，最终改变了自己的态度。且不说三四个人物的意见改变都采用这一方式有重复之嫌，也不用说通过调动人的潜在情感解决难题容易回避更深层的矛盾，即便从耐心的法律练习这个角度讲，我们也必须认识到，有些偏见，未必那么容易克服；有些戾气，未必那么容易消除；有些结论，未必那么容易取得一致……如果真的对法律练习保持耐心，或许应该认识到，这些不易取得一致的部分，也必须耐心地考虑在内——如此一来，电影结局或许不会如现在这般圆满，却可能是更为真实的人生状况。

意见，是对有心人的苛求，尤其是对这样一些愿意触碰如此严肃问题的有心人。

灵晕是如何消失的

——关于《一句顶一万句》的改编

根据杰出小说改编的电影，早就有个几乎是禁咒的公理，即便导演再怎样费心尽力，读过原著的人就是不容易买账，再三再四拍过的《红楼梦》和《战争与和平》的失败，就说明了这个问题。这里头，除了对原著初恋式的热情，还有阅读时对人物和情境的想象，电影一旦把这些落实，再怎么出色，也无法与此前的内心印象竞胜——谁不是觉得那个在自己生命中留下最初刻痕的人天仙也似呢？谁见过实际的人胜过想象中的完美人物呢？

即便由一个出色的小说家来写剧本，仍然不见得会出现电影杰作，否则也就不会没人提起福克纳的电影成就。虽然《一句顶一万句》由刘震云亲自操刀改编，但兴许是因为容量的问题——一部二十多万字的小说，变成现在这个电影的剧本，最多不过四五万字——电影仍然不得不大幅删削内容，人物由原著的上百人缩减到电影里的七八个人，时间和空间由十几年的千里奔波收紧到一两个家庭的分分合合。更重要的是，复合在原著小说里雄浑的历史景观和复杂的文化思考，不得不在电影里落实到家庭伦理问题上。当然，缩减并不能成为衡量一部作品成败的标准，删繁就简或杂花生树同样可以成就最好的艺术品，一击命中，片言可以决狱；言不及义，万语殆同空花。

小说《一句顶一万句》的主题是含混和晦涩的，每件事里都含着不说出来难受，却怎么说也说不清楚的委屈，其中的委屈或“一句顶一万句”的那句话，并不明确，而是在不停的诉说中显现出来的。或许一个人有幸终于说出或听到了那句话，但说出或听到的这句话，却早已经过了千山万水、重重误解。话有点绕，不妨这样来理解，一个人此前所有的人生经历，仿佛都是为说出或听到那一句点中内心的话做铺垫，但这些铺垫又恰恰为说出这句话制造了足够多的障碍。人试着努力去掉随人生经历而来的障碍到达那句话，因而又不得不去经历另外的千山万水。双重的千山万水走过，终于摸索到那句话了，话却不再是此前要说的那句。这不是那句话的话，却千真万确是一句顶一万句的那句话。就在这不停的缠绕之中，小说形成了一个复杂的织体，到最后山不是山、水不是水，却仍然是眼前的山山水水。

就是这样的缠绕不休，让小说《一句顶一万句》写出了复杂的时代感受，许多心理的褶皱和社会的沟坎，都融进了小说一桩接一桩的事、一句接一句的话里，因而拥有了某种类似本雅明称之为“灵晕”的东西，既有着自己极为独特的样貌，也氤氲出透明的润泽感。

相比于小说，电影版《一句顶一万句》算得上好好地守住了自己的局限，把问题控制在一部电影的范围之内，没有绊绊磕磕或虚情假意地去假装完全覆盖小说的内涵，而是老老实实在电影（剧本）设定的范围里精雕细琢。电影把小说中说不清道不明的委屈收束到具体的家庭伦理之中，所有的问题都可以归因于“说得着”或“说不着”，说得着则合，说不着则离，离不了，那就接着凑合过，从而把人的孤独感清晰地显露了出来。

这正是电影（甚至任何一个艺术品）守住自己局限的优势，甚至可以说，无论哪门具体的技艺，都必须严格维持其清晰的面貌，以便拒绝所有在界限上的含混不清。只有保持清醒的界限感，创作者才能比普通观察者更殚精竭虑地对自己面对的素材下功夫，故此能够更好地写出现实极为深层的微妙关系。正是在这个意义上，电影的限制，反而让电影导演刘雨霖更好地从原著（素材）中汲取了能量，捆绑作品手脚的界限，反过来成了她走出小说迷宫的阿里阿德涅线团，刺激她走出了一条属于自己的崎岖小径。

在这个意义上，我们必须承认，电影《一句顶一万句》是一部很不错的作品，导演用自己习得的电影技艺，最大可能地表达了她对与自己经历的不同世界的认识。尽管偶尔某个转折、某些镜头略显生涩，有些对白过于文艺，但对卑微人物的寒酸和他们似乎总是不经意的善意的捕捉，仍然让电影保持着相当不错的水准。这电影让很多人不满的，恐怕是对主题的表达过于直接和用力，因而让小说中蜿蜿蜒蜒、千言万语说不尽的委屈，变成了具体的委屈。委屈一旦具体，也就不再是委屈，而只是某个需要明确的原因。“说得着”或“说不着”的原因一经说明，电影内在的叙事张力立刻消散，剩下的只是观众等待人造悬念解消的惯性运行而已。或许也正是这样的原因，笼罩在小说身上的灵晕消失了，电影显得有点干枯，有了寒瘦的模样。

没错，这个略显寒瘦的电影，可以确认是刘雨霖的，她并没有借重小说广为人知的絮絮叨叨的明显特征，也没有求助于对电影技艺更为熟稔的朋友，而是不计工拙地为电影烙上了自己的印记。她在这部电影里，有自己的技艺，自己的取舍，自己的生涩和稚拙，当然是一部属于她拍的电影。对一个导演来说，抛开一切迎合因素，不动用自己可以动用的一切（无可避免地需要动用一部分）力量，努着心劲去做一部“我拍的电影”，其实是个很低的要求，而在目前的中国电影语境里，也算得上是很高的评价了。

另有一个很有意味的对比，就是我在小说《一句顶一万句》里，几乎没有留意到任何孩子的存在，注意力始终在作者致力的成人世界里。那个世界日常的荒芜和瞬间的圆满，都结结实实地映衬出写作者的年龄和经历。而这部属于刘雨霖所拍的电影，除了百慧把父亲毁掉又买的玩具汽车丢进锅里煮，并在父亲拒绝母亲见她之后独自坐在小椅子上发呆，很难看出导演对这个世界的独特认知，也看不出她努力传达的内心图景是什么。说得更清楚一些，这个电影里刘雨霖观看世界的方式，主要是从刘震云，也即父辈那里学来的。

为了把这个问题说得更明确一些，不妨对比一下在《一句顶一万句》之后不久上映的、同样改编自刘震云小说的《我不是潘金莲》。在后者那里，编剧和导演的视野几乎重合，他们要针对的问题、讽刺的对象，对某些幽默之处的会心，都高度一致，甚至连缺点也是如此，只要在某些方面略微调整一下即可。最大的差别，可能是因为某些原因，电影去掉了小说那个在我看来最值得注意的“正文”，否则，我们几乎可以把小说和电影版的《一句顶一万句》，认定为一个作品的不同表现形式。

而在刘雨霖这部“我拍的电影”里，讲述的竟然是父辈的故事，并且是以父辈的视角来看他们的故事，多少有些奇怪不是吗？不是从自心生出的故事，即便加进再多的自我因素，再怎样善于体察故事中人深曲的心思，这故事也仍然是属于他者的，导演不过是某种形式上的代言人，不会是“拍/我的电影”。电影《一句顶一万句》灵晕的消失，我觉得更重要的原因就是由这种他者视角造成的。当然，这里仍然有个问题需要强调，即并非电影拍到父辈，就是父辈的故事和父辈的视角，而是说，只有从自心出发的故事，父辈们才能真的变成导演自身创造的一部分，把他们的喜怒哀惧融进自己的镜头。这里父辈的故事跟他们自己讲的不再相同，却因为另外一个成长经历的参与，他们有了更为复杂的样貌。只有在这种情形下，才真正算得上是二者共同创造出了新的精神景观。

毫无疑问，刘雨霖足够聪明，聪明到模拟父辈们的世界和视角，仍然拍出了一部堪称出色的“我拍的电影”。可只要还不是从她自己心里流出来的故事，不是认认真真地“拍/我的电影”，再多的聪明也只能让人觉得有隔膜，人深心里奇痒无比的地方，始终不会被搔到——这或许也是电影未能得到更多认可的真正原因。深夜独坐的小百慧，其实已经有了属于她自己的孤独，不同于她的父亲牛爱国，也不同于她的母亲庞丽娜。她的孤独会长成一棵属于自己的大树，这棵大树的故事，只有她自己才讲得出来，才讲得好。我甚至想，只有当小百慧开始独自面对这世界，并摸索着讲出属于她自己的故事的时候，那些消失的灵晕，才会以别样的方式，重新回到一个新导演的镜头中。

关于《我不是潘金莲》

电影《我不是潘金莲》（根据刘震云同名小说改编）乍看有点像《秋菊打官司》，讲的都是告状故事，告状的目的也都是讨个“说法”。《秋菊打官司》虽然故事简单，却曾经因为揭示出“伴随社会法治化而来的一些不可调和的多元价值与道德信念”（冯象《政法笔记》），引起了法学界和伦理学界较大规模的讨论。相对来说，《我不是潘金莲》一点复杂化的雄心都没有，并不打算探讨什么道德困境、价值难题，除了显而易见的针对性，它讲的是个压根儿不可能成功的告状故事。

农村妇女李雪莲不小心怀了二胎，想生下来。为了避免在县城工作的丈夫被开除公职，两人决定先离婚，生下孩子再复婚。孩子生下来后，丈夫却已经跟别的女人结了婚，并一口咬定当初的离婚是真的，还诬赖李雪莲是潘金莲。说李雪莲无知也好，愚昧也罢，反正，她咽不下这口气，开始告状了，并且从县法院告到县政府，从县政府告到了市政府，甚至一度告到了人民大会堂。这一告，就是十多年。

为了让这个旷日持久却几乎难以成立的告状故事能够顺利发展下去，电影延续了小说，仍然给李雪莲设定了“拧巴”的性格，她是为了“一个单纯的理念或性质而被创造出来”的，正是叙事作品中所谓的“扁平人物”。这个扁平的李雪莲，因为一去不回头的性格，一旦启动告状程序，就无意间撞进了现实生活的黑洞，自己觉得一直在这个黑洞中坠落下去，期望有到底的那一天；而在观众看来，她永远是在一个平面化的陷阱上不停地兜圈子。

这个平面化的陷阱，是小说和电影里的世界不够立体的主要标志。在我们这样一个崇尚宏伟理想的秩序共同体中，个体的人拥有两种不同的身份特征，话语体系中和在现实生活中的。在话语构成的符号体系中，个体的人拥有无比崇高的地位，他有权表达自己最卑微的心意和几乎任意一种不合常识的诉求。但这种话语构筑的符号系统实质上是一种能指游戏，并不指涉具体的现实，只在抽象的复数意义上，个体的人才是存在的。这是一个封闭在话语中的宏伟理想永远无法回避的悖论，这悖论的现实生活指向，是任何一个活生生的人将永远被排除在符号系统之外，个体的人甚至无法向那个宏伟的理想系统索取除生存之外（或许有时候也包含生存）任何一点合理的需要。在意识到那个不能触动的符号禁忌之后，人群很快自觉地分化为两个不同类别，一类自愿地维护着符号系统的封闭性，另一类被动地居于符号系统之外。两者都清楚地意识到各自分属的类别，并不企图互相扰动各自独立的封闭体系，只是在自己的封闭体系中完成自己的生活循环。

各自分属的独立系统，部分地决定了《我不是潘金莲》中的人物是类型化的。虽然小说中官员有官员的姿态，法官有法官的逻辑，屠夫有屠夫的风格，厨子有厨子的用心……但这些人物明显操持着两种不同的话语系统。一种是主人公李雪莲所属的百姓的语言，直接、泼辣、生动，核心是饮食男女；另一种是高端话语系统，间接、暗示、程式化，内在指向是明确的命令。

李雪莲的告状过程虽然没有干扰到这两个相对独立的话语系统，却破坏了它们之间彼此的默契，从而模拟了任何一个生活在秩序共同体中的个人与符号系统打交道的过程。这个过程是如此富有普遍意义，任何一个人，如果企图向符号系统索取在能指游戏中应许自己的部分，其结局就难免是李雪莲式的——因为她告状的事被上层偶然得知，经手过此案的一串市县级官员全被免了职，但前夫依然没给她说法，李雪莲仍然没有讨到“说法”。最终，前夫车祸身亡，李雪莲寻求自杀。系统并不真的关注个体的人，它只负责清除可能破坏这个系统的不可控因素。这也就解释了为什么电影和小说中没有美学中非常看重的“这一个”出现，而是存在着一种没有具体面目的“这一类”——在符号系统及其执行者广泛存在的压力之下，一旦作者选择与符号体系打交道，他笔下的人物就必然是以类的方式出现的。而符号形成的坚硬幕布，最后会迫使两类不同的人必须生活在幕布的正反两面。他们的区别，不是人跟人的区别，只能是类与类的区别。

在这个意义上，电影和小说与我们置身的世界无意中形成了奇异的同构关系，因而对电影和小说单薄、平面化的责难，也应该部分地转换为对我们生活的这一秩序共同体的批评。一本企图存活于共同体之内的小说最终只能妥协，这没有什么需要特别指责的。但来自另外方向的力量却同时作用于电影，那就是商业。在这个图像时代，选择了商业，也就选择了社会承认，而“‘社会承认’对一个艺术家来说，既是福又是祸，它可以给艺术家带来各种私利，但又会将处于三角形顶点上的个人和他的创造性天才，驱赶到三角形底部的为大众社会所喜爱的传统和习俗中，从而变成公式和教条”（布洛克《美学新解》）。电影迎合传统和习俗的重要方面，是泛幽默化。

在我们存身的秩序共同体中，日常的幽默原本是现实的个人为了躲避宏伟符号系统而自设的出口。但随着符号系统的持续强势，加上商业无处不在的消解力量，这种本来具有反抗和调侃意味的精神出口，已在当今不可避免地向低端化发展。这种低端化的幽默泛滥开来，不免会把崇高目标、道德标准、人性需求等与谎言大话、虚伪无耻、放纵无度陈放在同一个平台上，一并嘲弄、冒犯、贬损，然后放声大笑，最终抹平了一切人与人之间可能的精神差异，人的位格及其语言特征被强迫拉到一个非常低端的层面上来。

艺术中的幽默原本不同于此，因为它需要写作者对生活的洞察，所以“从来是稀罕的”，即使在作品中复述某些日常的幽默，也应该是谨慎的，保持适当的距离甚至充满讽喻。《我不是潘金莲》显然志不在此，它津津有味地沉浸在对日常幽默的复述之中，甚至极力放低身段，让自己显得像是所有泛幽默化成员中的一个，消解任何在精神上可能脱离贫薄日常的存在。

也就是说，《我不是潘金莲》用泛幽默的方式，完成了与我们这个时代的共谋。它的幽默，不过是“用外在的或机械的方式把极不相干的东西凑在一起”，“往往喜欢展示出粗俗才能的令人嫌恶的方面”，是一种外在于艺术的成分，只辅助着故事的展开，却并不深入世界的幽深之处，显得空洞而浮泛。与此同时，熟练的电影技艺，诸如鲜活的对话，流畅的叙事，不时出现的反讽，就难免“退化为一种没有灵魂的因而是枯燥乏味的重复和矫揉造作”，变质成一种迎合的技术手段，成了令人生厌的“作风”。

需要说明的是，观众们应该都能会心于导演和作者的某些针对性，但这些却不该是电影的题中应有之义，就像莱辛《恩斯特与法尔克》里写到的，“我们讨论的是任何国家的不可避免的恶——而非具体这个或者那个特定的国家的恶！共济会员从不过问这类恶；至少不会以共济会员的身份过问”。艺术家也应如此，他们起码不该以艺术家的身份去关注这些——对一个导演来说，他的社会任务就是拍出好电影。

《烈日灼心》的叙事冗余

很多人称道《烈日灼心》的叙事，却无法接受结尾的翻转。这不免有些自相矛盾，因为翻转的结尾，正是要电影叙事冗余的必然结果。

《烈日灼心》的原著小说《太阳黑子》，作者须一瓜的叙事逻辑是自洽的。三个人——辛小丰、陈比觉、杨自道，因欲望和冲动，犯下灭门（年轻女孩，女孩的父母和外公外婆）重罪。罪恶感折磨之下，他们在后来的生活中痛苦隐忍，把自己封闭在很小的圈子里，努力对社会尽力，却不敢与人建立感情关系。陈比觉姐姐海难身亡，他们便一起照顾其收留的弃婴“尾巴”。因为尾巴与被杀女孩的生日是同一天，他们觉得她可能是被杀女孩的投胎转世，照顾越发悉心，感情日益深厚。

小说的叙事重心，是三人的负罪感和他们的自我救赎努力，因而他们最后的伏法，既让人觉得罪有应得，又生出许多不得不然的同情——像德·昆西在讨论《麦克白》时说的，同情完全寄托在受害者身上，只是人的自然本能，好的写作者，“必须把兴趣投放在凶手身上”，读者的同情，也必须在他们一边。需要说明的是，这里所说的同情，是因理解而来的共同感受，而不是“怜悯或赞许”。

电影的叙事重心，则有些游疑。刚开始有救赎的意味，但随着故事推进，很快过渡为保密——对警察，尤其是对尾巴，守住杀人的秘密。为了完成重心转移，电影甚至果断地把尾巴改编为被杀女孩的私生女，保守秘密变得尤为重要——如果尾巴发现照料自己长大的三个爸爸，竟是杀害妈妈和全家人的凶手，她精神上将经历怎样的巨大波澜？她的人生，还能设想一点幸福的可能吗？为了避免他们的罪过延及下一代，三人就不光需要忏悔赎罪，还必须把他们的罪行对尾巴严格保密。

叙事的重心既已转移，所有的故事，就必然按照转移后的重心另行讲述。为了保密，杨自道和辛小丰坦然赴死。小说中心智正常的陈比觉，在电影中是高智商者假扮的弱智，从而逃过了法律的惩罚。可他克制不住自己去看望尾巴的感情，而一旦见面，就必然遭到尾巴的追问，他很难保证自己不说出三人的秘密，于是投水而逝，永绝后患。

至此，作为电影叙事重心的秘密保全，在三个人身上实现。然而，问题来了，既然杨自道和辛小丰是被捕的，逮捕他们的警察必然知道这个秘密。更大的叙事难题来了，影片跟小说一样，照顾尾巴的责任，落在了知道全部秘密的警察伊谷春和爱上杨自道的伊谷夏兄妹身上。既然身负杀人重罪的三人无法确信自己能够守住秘密，又如何能够让人相信无罪的伊家兄妹意志坚韧到可以替他们保密？按照影片确保尾巴幸福的逻辑，两兄妹是否也该永远闭上嘴巴？

无辜的伊家兄妹，就这样在电影的叙事逻辑中面临险境。除非主创人员“机械降神”，让伊家兄妹因某些神秘的原因死亡，否则，三人以死亡换取的所谓保密，只能是幼稚的假想。但让伊家兄妹无故死亡，显然有悖常理。也就是说，因为讲述重心的转移，电影在这里出现了叙事冗余，小说本身的罪行设定，在电影里无法讲通。

原著小说不存在上述的冗余，三人被处死，尾巴由伊家兄妹照料。三人的罪得到惩罚，而他们由赎罪而来的克制和善良，则有效保证了伊家兄妹的生活不被完全颠覆，他们仍有自己未被大幅改变的人生轨迹，可以安然地照顾尾巴的生活——生者对三人的思念和愧疚，都在正常的承受范围之内。

问题来了——既然无法保证叙事逻辑的完整，为何电影主创们要固执地改变小说的叙事重心？答案或许很简单，主创们担心观众不能承受太多真实，无法接受

“把兴趣投放在凶手身上”。他们肯定觉得，坐在电影院的观众无法领略，“在凶手身上，必须有某种强烈感情的大风暴在发作——嫉妒、野心、报复、仇恨——这种感情风暴会在凶手的内心制造一所地狱”。高明的创造者，正是要研究这所地狱造成的飓风如何颠覆了凶手们的生活，而不是刻意回避这魔鬼显现的世界。

小说确认了三人的罪行，并不为他们遮掩，因而始终保持着叙事的强度。须一瓜探究了因欲望和冲动造成的无法挽回的后果，如何一点点改变了三个杀人者的生活，他们又是如何在对其罪恶的忏悔中逼出了身上无法排除的仁爱与慈悲——这种在凶杀当时被他们抛弃的东西。阅读小说时，你能感受到一股奇崛之气，罪案在身的三个人，即便心事重重，也有一种因悔罪和隐忍而来的刚烈。这也就能解释，为什么出身优裕的伊谷夏，会愿意跟职业普通的三个人交朋友，并爱上中年白头的杨自道。

叙事有其自身的逻辑，一旦逻辑设定，叙事就必须按照设定前进，而无法不管不顾地另起炉灶。为了消化保密带来的叙事冗余，电影不得不在三人的犯罪问题上首鼠两端。主创们既不忍心让主角是罪大恶极之人，却也无法完全更改小说中三人的罪行设定——一旦取消这个设定，三人即超凡入圣了不是？如此以来，电影就既要让三人犯罪，又不能让他们罪责过重。

于是，结尾的翻转就成了一种必须。杀害一家人的真凶捉获，三个人最大的罪过，是辛小丰见色起意，而女孩患有心脏病，其间猝死。这正是电影的叙事必然，要让知道秘密的伊家兄妹不出意外，并安心接过抚养尾巴的责任，就必须让三人由黑转白，高尚最终压倒罪孽。并且，即使秘密有被伊家兄妹揭出的风险，他们较轻的罪行和坦然赴死，也已经给尾巴最终知悉秘密，预留了承受的空间，尾巴要面对的过往，不再是无法直视的精神黑洞。

这样的处理方式，立刻带来了另外的叙事冗余——没有直接参与犯罪的杨自道和陈比觉，完全有机会洗刷自己的罪名，也同样可以承担抚养尾巴的责任，为何宁死也不开口？陈、杨难道已经修炼到面对死亡而没有恐惧的境界？还是对辛小丰的情谊让他们甘愿同生共死？

电影没有给出相应的理由，当然也就无法消除叙事的冗余部分——消除冗余的过程，正是叙事深入事物核心的可能。很可惜，《烈日灼心》的主创们置人物最棘手的求生本能于不顾，抛开三人间因罪行不同而必然产生的心理差异，直接拉升了三个主角的高尚度，把所有的叙事诉求，都归因到对尾巴的爱——对一个可爱女童的爱和保护，不正是电影里最趁手、最容易感人的理由？三个高尚的罪人，还有什么理由不一心求死？

没错，这是个循环论证：他们因为爱尾巴，所以必须死；他们必须死，因为他们爱尾巴。乍看起来，叙事的冗余在这个逻辑圈套里消除了，可小说因直面罪行带来的冲击，甚至是罪恶赋予人物的性格张力，也在这样气虚心软的套套逻辑里，失去了应有的强悍力量。

他们将以认真的样子，变乱世界

——与《捉妖记》有关

多年以前，我和几个朋友一起，在拉紧窗帘的出租屋里看罢杨德昌的《牯岭街少年杀人事件》，心情久久不能平复。过了些时日，嗜好电影的CY拿出一堆乱稻草样的手稿，挥舞着告诉我们，他已经跟着DVD，写出了这部长达四小时电影的分镜头剧本，从而知悉了其间的秘密。我恍惚之中看到，那个本雅明意义上已经消失的“灵晕”，在机械复制时代的典型艺术品之上，投下了自己意味深长的一瞥。

我完全不知道，《捉妖记》的主创们是不是像朋友CY那样，把好莱坞的类似电影做了庖丁解牛式的研探。可以肯定的是，这部偏向儿童观众的电影，大有造梦工厂之风，包括相对自洽的世界设定，特征夸张的、圆滚滚的动画风格，动辄引吭高歌、偏出情节的人妖共舞场景，危急关头也从不忘记的直来直去的戏谑……尤其让人意外的是，在诸多细节的处理上，《捉妖记》有一种国产电影少见的、因认真而来的放松感，不管是真情流露时的私密言语，还是意外来临时的紧张失控，电影都能在故事之上另外有戏。这么说好了，除了在特效的映衬下，演员的动作和表情显得有点粗陋，这个电影说不定真的可以被刻上好莱坞制作的标牌。

在《围城》里，钱锺书曾刻薄小城姑娘对摩登的模仿，说她们是“落伍的时髦，乡气的都市化，活像那第一套中国裁缝仿制的西装，把做样子的外国人旧衣服上两方补丁，也照式在衣袖和裤子上做了”。《捉妖记》凭整个主创团队的卖力，避免了对国外大片的生硬照搬，大概可以避免这类对生吞活剥的嘲讽。即便如此，在观看过程中，我总觉得在这个卖力的背后，暗藏着一个让人不安的什么东西，正裂开自己脸上的多层人皮，要激变为令人惊惧的妖物。

1930年代，霭理斯写《塔布的作用》，提到了由克制而来的塔布（taboo，禁忌）的变化状况："生活永远是一种克制，不但是在人类，在其他动物也是如此；生活是这样危险，只有屈服于某种克制才能有真正意义上的生活。取消旧的、外加的塔布所施加于我们的克制，必然要求我们创造一种由内在的、自加的塔布构成的新的克制来代替。"我差不多确认了，那个让我不安的东西，肯定是某种克制的更新。

不知道从什么时候开始，人们忽然质疑此前已成经典的诸多童话和传说，它们简直瞬间成了不该对孩子那么讲的典型。比如格林童话的无边暗黑，安徒生作品的愁眉苦脸，狼外婆传说的血腥恐怖，钟馗和法海的正义凛然太不近妖情……在现下的时代，这些读物被毫不犹豫地判定为儿童不宜。孩子们仿佛只适合阅读纯粹真善美的故事，在那尘世的净土里，草必须要又绿又软，羊一定要既肥且驯，天真快乐的公主和王子定然忘忧地谈情说爱。在这样的时候，现代人总是愿意忘记，世上还有狼这回事。

像电影《美丽人生》设想的那样，现代人大概以为，只要大人挡住这个世界上的假丑恶，儿童就会无限顺利地成长为心地纯良的好人。这真是软心肠的人们一厢情愿的成长剧本，似乎你不把这些告诉孩子，孩子以后就不会经历这些，他们会健健康康地成长为一个快乐的人。大人们肯定忘记了，“倘若欲求没理性地引导我们求快乐，并在我们身上施行统治，其统治就叫作肆心”。过去作品里包含的残酷，是让孩子领会世道的险恶和艰辛，从而克制他们恣意的肆心。而现在呢，旧的审慎教育变成了肆心教育，无原则的软心肠构成了新的教育塔布。大概就是出于这样的善良愿望，现代故事开始变乱非我族类的本性，金刚爱上美女，猫喜欢上老鼠，狼会帮助羊，动物本性之间的歧异，以及有些动物本身的残暴，在儿童读本和电影里，渐渐消失不见。

是的，你肯定猜到了，对妖的软心肠，正是《捉妖记》故事的核心出发点，也是这个电影从好莱坞一丝不差传染来的致命疾病。在电影初始的世界设定里，“人与万物共存”，却人妖殊途，各有各的道路。连资历不深的二钱天师霍小岚都知道，妖的本性就是撒谎、嗜血。可这样的世界设定太违和了，也不符合软心肠要给孩子一个干净明亮的世界的愿望。于是，主创们很少强调妖的残酷本性，反而让一整村的妖退猎还耕，小妖王也起劲地撒娇卖萌，终于在结尾时，被人的善言善行感化，胡巴转嗜肉为吃素。

如此大团圆的结尾，暗示妖的本性因善的影响而改变。这其实是不负责任的引导，它让人对妖的本性（以及一切天生恶德者的本性）怀有不切实际的幻想，甚者会让人在未来的选择中犯错。宋天荫对妖不切实际的同情，本应受到惩戒（如《画皮》里的太原王生），可他不但没事，还赢得身为妖之天敌的霍小岚的信任，抱得美人归。身为天师的霍小岚，犯有软心肠者的通病，明明知道助妖是错的，却因为妖的可怜而生发同情，迁就了宋天荫，“就像孩子做了坏事，理应动用黄金棍管教，却因怜惜转而抱吻”。如此不分是非的怜爱，后果是教育出不分对错的人，最后造成不分善恶、好坏、对错的社会——对孩子天真纯良的软心肠教育幻想，最终会彻底走向其反面。

经过反省的善是一种明哲的抉择，有时候甚至需要动用惩罚来保护自身。非常可惜，不如其所是地认识某些非人之物的残忍本性，而是无原则的心软，几乎是现今好莱坞，也是诸多西方商业影片的通病。不认识到这致命的疾患，中国电影就会在学习其制作时，不小心感染上这病毒。如此一来，电影的制作越精心，导致的后果将越可怕——他们终将以最为认真的样子，“颠覆人和妖的世界”，淆惑人的判断，最终变乱这个世界。

问题不期而至——如果袭用古老的人、妖之分，让天师们如法海和钟馗那样对妖动用惩戒的力量，如何能把老故事讲出新意思？老实说，我不知道。我只知道，艺术创作（即便是商业片）的题中应有之义，就是要从困难的地方开始，通过劳作，把旧问题琢磨出新境界，“揭示某一个更大更明亮也更深藏的东西，一个尤其在现实人生再也无从寻寻觅觅的东西，唯我们一直无法真正释然，一如我们站在山上、站在海边、站在空旷的地方眼睛总会看向远远某个不存在的点”。这要求看起来有点苛刻，“其实不算凭空奢求，而是伍尔芙讲的，这本来就是我们生命构成确确实实的一部分”。

附　录

从陈渠珍、沈从文到黄永玉：凤凰的武功与文脉

——《沿着无愁河到凤凰》分享会

黄德海：今天这个分享会的中心，是周毅的新书《沿着无愁河到凤凰》，主角是张文江老师和周毅。来参加这个分享会的诸位，相信对张老师和周毅都有了解，我就不做多余的介绍了。

《沿着无愁河到凤凰》主要谈论的是黄永玉先生的

《无愁河的浪荡汉子》。这个作品已经在《收获》杂志连载了将近七年。七年里，我们很幸运地看到黄永玉先生持续不断地在写这个故事，越写越好。这几乎是一个奇迹，很让人振奋。与此同时，我们也见证了周毅耐耐心心地写出了她这本值得珍视的书。下面先请周毅来讲讲跟这本书有关的故事。

周　毅：谢谢大家到来。这个活动虽然是我的新书分享会，但我觉得真正的主角是没有在场的黄永玉先生和“无愁河”，我愿意把这看成关于“无愁河”的一次分享、交流。《无愁河的浪荡汉子》（以下简称《无愁河》）这部以连载形式写作的自传体长篇小说，就像刚才德海说的，仅仅从写作过程来看，已经接近于奇迹，就是在我们眼前一天一天发生着的奇迹。《收获》负责《无愁河》具体编辑工作的王继军，曾经写过一篇文章，说“这几乎是不可能的事情”，“每个写作者都应该知道其中的辛苦”。他说他们杂志上的连载，即使只是连载一年，每年写六期，每一期两到四万字的文章，而且是查资料类型的写作、专栏写作，都会有作者逃掉，坚持不下去。结果这么一个高龄的写作者坚持下来了，从2009年至今，已经六年多。每到发稿日期，黄先生的文稿就发过来，手稿和电子稿一起，有时候人在凤凰，有时候在意大利，但没有漏过一期。

就作品本身而言，又是一部杰作。最近的一期《收获》不知道大家有没有看，用黄永玉先生自己的话说，写到了他人生的第一高潮。他说，他“杀人了”。这是一件很惊人的事情，他真的是去杀人了，也可以说是去“成仁”了。我看了之后的那种感觉、那种震动，难以言表。上天借他的手去惩罚人，试验了他，又保护了他。他没有把那个人杀死，而且杀错了——写得非常精彩！那么重大的一个事，他写得很短，显示了非常强的控制能力。自己去看吧。

今天的主角应该是黄先生。但是，我自己出了一本书，还是很高兴（笑）。我从解释书名开始，分享一下我的这本书吧。“沿着无愁河到凤凰”，从字面上讲，“无愁河”就是指《无愁河的浪荡汉子》，“到凤凰”，也可以很直白地理解，就是黄永玉先生的故乡，沈从文先生的故乡。这个书名就是说，我通过读《无愁河》，去到了凤凰，慢慢了解了凤凰。

《无愁河》的写作过程，延续了这么多年，所以，我的这些文章也是在四五年的时间里陆陆续续写成的。似乎可以说是鉴赏，可以说是评论，也可以说是写我的收获，我在这里面获得了什么。

我的这本书扉页上有一个题记：

世上本无无愁河，
有了黄永玉，才有无愁河。
那么，
世上本来有凤凰吗？

这个题记呢，又悄悄地把“无愁河”和“凤凰”的字面意义做了一个转换。“无愁河”，黄先生在给他的作品取这么一个名字时，究竟是什么用意呢？这个话真的是非常大白话，每个人都不会在这个上面发愣、停留，无愁河，就是一条无忧无虑的河嘛。

黄先生这部书的写作，我不知道大家是不是很了解情况。最初的一部分是他六十多岁在香港时写的，写了近20万字，在香港连载了一年，可能因为香港和内地毕竟有一些隔阂，刊物觉得读者不是那么能理解，就中止了。黄先生也很傲气，他说你不连载我就不写了。我觉得这是一个很有意思的态度，一个好东西的傲气。之后，这事一搁就是十多年，一直到2008年，黄先生八十四岁了，友人鼓励他，说你没有写成太可惜了，他动心了，说如果有人愿意连载的话，我就再写。这时候李辉就联系了《收获》杂志主编李小林，李小林同意了。于是从2009年，《无愁河》开始出现在《收获》上，2009年发表的是最开始已经完成的那一部分，黄先生重新配了插图。2010年，新写的东西就出来了。我在《收获》连载之前已经看过最早的第一部分，那时我也有了一种傲慢，我觉得这东西太好了。好到什么程度？好到黄先生后来续写的时候我都不想看了，我怕他要是没有以前好怎么办。作为一个原来好东西的读者，我都不想理坏东西。（笑）

但是，他写出来了，不断带给人——借用德海的话，就是“振奋”！就是有这么好的东西。这个时候再来想“无愁河”这三个字是什么意思，“凤凰”又是什么意思。

黄先生给自己的这部作品——一部他写自己一生的作品——取了这么一个名字：一条没有忧愁的河流。反过去大家想想，即使从黄先生出生的那一年，1924 年算起，百年中国是无愁的吗？不是，而是天翻地覆的变化、苦难、种种的不幸！黄先生形容自己时说过一句话，他说“我就是一块泡在泪水里头的石头”，苦难太多了。他和我们这个民族、这个国家，在这一百年里经历的苦难都太多了。但是，他给自己的作品取了一个《无愁河》的名字，真是向上的精神和振作，他在给自己、给故乡打扫忧愁，要把这一百年的忧愁都打扫得干干净净。我觉得这三个字就是这部作品的“相”，无愁，就是要把这里面的忧愁都打扫干净。所以，这里面的精气神真的是了不得的。

再说凤凰。除了是一个地名，传说中的凤凰还是一个再生之相，它经过了苦难，重新再生。那么，这本书的书名又是想表达这个意思：通过《无愁河》这个作品，打扫忧愁，走向重生。所以，我取了这么一个书名，借到了黄先生的作品里面两个很关键的东西，自己也感觉挺喜悦的。这一百年总的来说，我们的精气神是“哀其不幸，怒其不争”的一种状况、一种面貌，他把这个东西全部打扫了，经历了百年苦难以后，要看看他怎么能够非常真实地把读者带入到这么一种无愁的境界，他的那种力量，成就了一个能够“独立于世界的人”这么一个形象。

这一次对话的主题是“从陈渠珍、沈从文到黄永玉：凤凰的武功与文脉”。有朋友问我是不是转行搞人文地理了，说这个副题太具体，其实这只是我书里的一篇文章的主题，关于《无愁河》，我书里还讲到其他一些方面。不过今天就讲这个。

在沈从文、黄永玉前面加一个陈渠珍，这算是我的一个发现吧（笑）。沈从文和黄永玉先生大家应该都熟悉，陈渠珍可能熟悉的人不太多。这个发现我要感谢张文江老师。其实，也不是说张老师告诉我陈渠珍这个人，而是好多年前第一次上张老师的课，他跟我们讲了一个读书的方法，他说，读书应该“往上读”！“往上读”是什么意思呢？就是说，看一本书，不仅是要看这个书写了什么，更要看这个作者看了一些什么书，他的精神的源头是什么。我觉得我这次就有点用上这个方法了，看看沈从文、黄永玉这些人，他们的精神源头是什么。我觉得他们的存在实在是一个很罕见的事情。我们反过头去看这一百年，中国文学史有没有这样的一个存在？凤凰，沈从文、黄永玉，简单来形容吧，就是说他们是正面的形象，肯定的力量。就故乡而言，不管是鲁迅先生的故乡，还是巴金先生的故乡，都是一种比较衰败的，需要去批判、拯救的。但是，只有凤凰，最初在《边城》里呈现，后来在黄永玉先生这里成就，成了一个正面的力量。我曾经有一次跟德海说，你不觉得吗，这一百年就是只有这一个例子。他立刻不同意，说当然不只这一个，还有钱锺书、陈寅恪他们。我说好，那是学术上面，但是通过形象、文学，来把中国传统的一些元气保留下来的，就是他们。这样说好像德海是同意了。

这三个人的人生，是非常艰难的。了解了他们的艰难，会知道他们的可贵。

陈渠珍，可能也有人读过他的一本书，就是那本《艽野尘梦》。一本很传奇的笔记体小说。前些年出过好多个版本。讲的是一个清末的下层军官，带兵进入西藏的经历和故事。当时英国的军队通过印度入侵西藏，清政府派了赵尔丰去阻击。陈渠珍是湘西凤凰人，他作为一个下层军官，也进藏了。参加了一些战役，收复了一些地区。但是，就是在这个战事进行过程当中，大概是到西藏一两年之后，辛亥革命发生了，接着皇帝都没了。他们都是从英国人的报纸上知道这个消息的。这个时候军队就发生了哗变、分裂，四川人认四川人的头儿，湘西人归湘西人，这个陈渠珍就带着115名湘西士兵，期冀步行回到内地。他们走的是青藏线，想从西宁这边出藏，走了整整七个月。他们预计两个月能够走到，可是迷路了，两个月以后粮食没有了，五个月以后火也没有了。所以，我后来引用了朋友舒飞廉的话，称陈渠珍为“艽野中的约伯”，这是《新约·约伯记》的典。就是说上天剥夺了一个人所有的东西，考验他的信仰和为人、品质。陈渠珍也经历了这么一个七个月的生死考验。他们，115 个人出发，到达西安的时候就剩 5 个人，其他人全部死掉了。5 个人里头有一个藏女叫西原，是他在西藏娶的一个女子。西原才十九岁，在路上为陈渠珍做了很多贡献，因为她毕竟是西藏人嘛，风土、气候、语言，她都更了解，她保护了陈渠珍，结果到了西安以后，西原生病去世了。陈渠珍的这本书就结束在西原去世这里，“肝肠碎断，仰天长啸”。

陈渠珍回到了湘西。这些苦难，他用了整整两年时间来休养生息，然后开始出来做事。他当时是一个军官，怎么和沈从文、黄永玉发生的关系呢？

看一下这三个人的出生年月，陈渠珍 1882 年，沈从文 1902 年，黄永玉 1924 年，基本上是相差二十年，二十年这样的一个代际关系。陈渠珍在湘西做军官的时候，是三十多岁。沈从文当时十几岁。其实在《从文自传》

里面，沈从文就写到陈渠珍了。他把陈渠珍称为对他“人格和精神产生了终身影响的一个人”。但可能是因为陈渠珍这个人当时没有名气，沈从文写到他时没有写名字。也可能写了大家也会忽略掉，不知道这个人是谁，认为也许就是当地的一个被历史淘汰的人。当时，沈从文在部队里给陈渠珍当书记官，接触到了陈渠珍的大量藏书，让他开了眼界，看到了人类文明、人类智慧的一些光辉。沈从文决定到北京去的时候，陈渠珍没有挽留，预支了三个月的军饷给他，说你去吧，如果闯得不好，欢迎你再回来。沈从文说，我就带着他的这些钱上路了。

我不具体展开讲陈渠珍了。我把这个线索大概拉一下，书里面有具体写。

陈渠珍和黄永玉先生又是怎么样的关系呢？黄永玉在家乡凤凰生活到十二岁，之后开始了流浪岁月，而这十二年，正好是陈渠珍做湘西镇守使，以军政首领的身份在湘西搞“湘西自治”的一段时间，我书里说，这是陈渠珍给湘西在乱世中打拼来的一段好时光。沈从文、黄永玉一辈子念兹在兹的凤凰，可能都和陈渠珍的努力有关系。

可能大家知道黄永玉先生在凤凰老家建的一所房子，叫玉氏山房。当时我也蛮迟钝的，第一次见到的时候问，为什么叫玉氏山房？别人说，不是黄永“玉”吗？那就叫“玉”氏山房嘛。这么简单，我觉得我很笨。结果就是因为我的这个笨，倒是看到了这屋子外墙草丛中的一块小碑，对这个取名的一个小小的说明，他说这个“玉”字，是纪念几个人。黄永玉先生名字里的这个“玉”，里面包含了沈从文，因为这是沈从文先生给他取的“玉”字，本来黄永玉的玉是富裕的“裕”，沈从文说这个名字像一个商人或者是开布店的老板，然后让他改了这个“玉”。其次黄永玉先生的父亲叫黄玉书，也有这个“玉”字。然后，他说还要纪念一位难以忘怀的人，就是陈渠珍先生，陈渠珍先生给自己取的号叫玉鍪，就是古代武士的头盔。所以，这个“玉”字，包含了这么多人！

有一年到凤凰去，正好碰上给陈渠珍先生迁坟，陈渠珍的尸骨在长沙几十年，他的家人想把他迁回来，便请黄永玉先生设计了整个墓地的方案，包括选址。所以，我觉得这是到了凤凰应该去看的一个地方，就是陈渠珍先生的墓。黄先生设计的墓，题的墓铭，以及设计的表现西原和陈渠珍关系的一个雕塑。

他们三个人的这个关系，书里头写得更详细。我想说的是，如果了解陈渠珍是怎么样一个人的话，就会觉得凤凰的谱系、精神的脉络是很惊人的。要互相参照阅读，读了黄永玉，读了沈从文，再读陈渠珍，就会对这么一个非常独特的现象，在我们百年中国文学史里面很罕见的这么一个存在，有一个更深的了解。我们所感到的那个“肯定的力量”，到底是在肯定什么，他们到底是在维护什么。

我现在再说一个事情。那天这个新书分享会的微信推了以后，我也在朋友圈里发了一下，然后，就有朋友私信里跟我说刚刚去了凤凰，很可惜已经变了，“不是你笔下写的那个凤凰了”。其实这个说法也不是第一次了，一直有人说，即使是我自己到了那边，也会有这样一个感想。所以说呢，我的这个书名有第二个意思，在作为地名的凤凰之外，还有一个什么东西。如果说凤凰有复活、再生这么一个相的话，这不是我们眼睛看到的那个东西。我看凤凰，还在看的一样东西就是已经变化了的凤凰，以及黄永玉先生怎么对待它，怎么自处。就是说：是的，世界变了，故乡也变了，那我心底有一些没有变的东西，这个东西怎么和现在的世界发生关系？这个我觉得很重要。黄先生在凤凰做了很多事，他说过一句话我印象很深，说："给家乡做事，要认，要不动心。"这两个意思非常好，就是说你要认，你做一件事必须要去认，就做，然后不动心，体会一下这个"不动心"。这是我从《无愁河》得到的一些启发，好的，我先讲这些，谢谢。

黄德海：还是四五年前了，我收到张文江老师转发来的一封邮件，邮件的题目叫作"高高朱雀城"。没错，这就是周毅关于《无愁河》的第一篇文章，名字很高古。我很快看完了这篇文章，然后跟张老师在电话里讨论，张老师对文章给了非常高的评价。在发表以前，我想，肯定有很长一段时间，因为张老师的转发，有一些朋友在秘密地传阅这文章，觉得非常好，希望周毅可以不断写出这样的好文字。等周毅的这批文章慢慢写出来，写到陈渠珍的时候，我们就又有了一个新的期盼，不知道张文江老师是不是哪天会讲一讲陈渠珍呢？在张老师的判断序列里，陈渠珍会是什么样子呢？今天，我们等来了这个机会。

张文江：周毅这本书的直接缘起，来自黄永玉先生。黄永玉先生的小说《无愁河》非常奇特，难以用现成的观念来概括。将来文学史如何评价，我相信也会有一些困难。周毅是非常敏锐的，她以读者的直觉感应了这本书，然后满怀热情地来写，这才有了我们今天要推荐作品。周毅完完全全被黄永玉先生的书所感动，而我呢，愿意更退后一步，在远一点的地方看，从陈渠珍到沈从文再到黄永玉的整个路径。然后，再往上推推，再往下推推，看看会出现什么。

早就期待周毅这本书，其中大部分文字，我当初都读过，还提出一些意见。我想说，到目前为止，这是周毅写得最好的书。好在哪里？第一，题材相对重要，人物的性格——其实，我更想说人物的品格——相对鲜明。第二，在文体上有所探索，就是我一直讲的，文学批评自身也是艺术品，和批评对象形成竞争关系，而且尝试有所超越。这本书布局相对巧妙，文体散落有致，部分语言的节奏像诗，甚至多少具有歌唱性。但是，我觉得光说好话没意思，一片赞美声或许会淹没人。这本书对现代人有思想上的启迪，对当今社会尤其有特殊意义。我想从另外的角度来拨弄一些弦外之音，重新阐发一下这本书应该有的品格，这样构成别一种形式的推荐，以此来显示我的诚意。

刚才周毅说明了书名的来历，《沿着无愁河到凤凰》，她很满意这个书名。这个书名比较文艺，比较清新脱俗。“无愁河”是文学作品创造出来的形象，凤凰是真实的地方，两者连缀，包含了虚实互动。如果我能够提出意见的话，我更愿意采取的是，这次讲座使用的标题——“从陈渠珍、沈从文到黄永玉”。甚至更加赤裸裸，或许就用三个人的名字：“陈渠珍、沈从文、黄永玉”（想象一下，图书检索的效果！）。当然，我的推荐过于直白，不要说别人不同意，我自己大概也会推翻。不过，我想讲的是，即使提出来后再减去，只要提出过，对此书的认识就会有所不同。

我要讲的内容，其实也来自此书的作者，她对此并非不认识，只是还比较隐约。把三个人并列，其中的沈从文、黄永玉，现在的人都知道。关于他们的事迹和形象，我暂且代作者卖个关子，请大家读手边的新书。我想重点谈谈陈渠珍，沈、黄两个人大体有定论，而陈近乎没有定论。为什么这三个人我愿意并提呢？我认为沈从文也好，黄永玉也好，他们的内心深处，都对陈渠珍有所认同。相关的表述，书中也多处出现，比如第 43 页，第 214 页，第 216 页，第 225 页。这本书的第 18 页上，作者写到自己的惊奇和不平静，提出了疑问：陈渠珍“究竟是一个不合时宜的旧式军人，还是在时代中脚跟立定、不随波转的修道苦行僧？他毕生的努力，是可以扫进历史废纸篓的无用功，还是仍保有未散发尽的积极能量？他究竟是不东不西、不古不今的半吊子，还是试图兼容东西古今造福于民的志士”？而最后一句话是：“很难回答。”在第 37 页上，作者又提出类似的问题。她说，陈渠珍在凤凰和平举义，“保住了自己的性命，也保住了湘西的平安。在他的思虑中，必是以后者为大，这是他一生贞吉不死的关键处。除此之外，还有什么是‘那一点对头处’？我尚不得知”。当然，这里的“很难回答”“不得知”，非常可能是写作上的修辞，其实是不用回答的。我姑且把它看成疑问，尝试做出回应。

先引用书中沈从文讲述的陈渠珍，看看陈渠珍的品格在哪儿。第 20 页引用沈从文的话说：“使我很感动的，影响我一生工作的，却是他那种稀有的精神和人格。天未亮时起身，半夜里还不睡觉。凡事任什么他明白，任什么他懂，而自奉常常同个下级军官一样。”还有一处在第 34 页，讲到陈渠珍以王阳明、曾国藩自许，作为自己日常修身的榜样，可见此人内心的向往。

我说陈渠珍是这三个人中间通往古典世界的接口，在他身上有中国传统主流的那一套学问，那一套人格。沈从文和黄永玉对此都有所撷取，完成了他们的传奇事业。中国学问的核心在哪里？它的核心在我看来就是做人做事情的学问，而不是文字上打转的功夫。如果我来理解中国文化的话，首先要从王阳明开始，然后逐步上溯。不得已次一等，从曾国藩开始；再次一等，不知道能不能关注张之洞，他的《劝学篇》和《书目答问》，对传统做最后的系统性整理，而时代已不相应。陈渠珍的一生实践，全都由做人做事情而来，这才是中国最根本的命脉。书中引用陈渠珍说的话，“一个人要晓得，从早到晚，从生到死，总要劳动，总要做事”（第 44 页），这些话他用在自己身上，不是用来要求别人的。在中国古典学问中，这就是《尚书》中的《无逸》，我因为喜欢，也写过讲解。

这本书第 43 页，讲到治国、护国、生产三种阶级，陈渠珍都已经兼及，而沈从文和黄永玉还缺治国一项。各大文明系统的古学，在中国孔子那里是德行、言语、政事、文学（《论语·先进》），治国、护国在政事和言语这一路。相对于古希腊的理性、血气（或激情）和欲望，治国、护国在血气层面。在印度四种姓中，婆罗门、刹帝利、吠舍和首陀罗，治国、护国呢，大致相当于刹帝利。陈渠珍本人的德行大致无亏，但是，古典学问还有更高的要求，必须对德行要有所认识。陈渠珍已经下接地气，没有人知道他，不是他的错，他本来不追求这些。但是，如果从修养的层面来讲呢，还有上接天气一条路，这条路永远可以扩展。

打开周毅新书第一页，扑面就看到“艽野尘梦”这四个字。“艽”有两种读音，在《诗经》中大概是读成“qiú”的，“艽野”是远荒的意思。那么这个“尘梦”呢？古典世界浩瀚无垠，在中国可以有三个方向。陈渠珍把自己的居所题为“寥天一庐”（第34页），出于《庄子·大宗师》，那和道家有关。“尘梦”则来自佛教，陈渠珍自己有解释：“大地河山，一虚妄境界耳，非宇宙真实之本体也。”（第45页）这就是所谓“尘梦”，而看破人生如梦，依然在其中努力，这才是大乘菩萨行。而“艽野”来自《诗经》，算是和儒家有关吧。从“艽野”用词的精细不苟，可见他的古典修养并非一般。这个词出自《诗经·小雅》中的《小明》：“我征徂西，至于艽野。”陈渠珍的用典，应该从这里来。为什么说它贴切呢？他本人是将士，“徂西”往西走，“艽野”对应西藏。《诗经》有正风正雅，也有变风变雅。《小明》是“变雅”里的一篇，对应的是周幽王时代。将士为国家出征，没有得到领导层的支持和理解，诗写的是怨。陈渠珍出征在宣统元年（1909），对应清末这样的衰落时代，孤军深入西藏，115人回来时只剩下5人。《诗经》中和这一篇变小雅对应的正小雅是《采薇》，我相信大家都读过：“昔我往矣，杨柳依依，今我来思，雨雪霏霏。行道迟迟，载渴载饥。我心伤悲，莫知我哀。”这是非常美丽的词句，我们读《采薇》，一般都会被写杨柳的诗句吸引，但是此诗总体的意思是写将士的怨。同样是做事情的人，正小雅在文王的时代，君王体谅出征将士的辛苦，而在变小雅的时代呢，将士在外边的辛苦，在中枢的领导已完全不关心了。所以说，做领导的人，要知道将士的辛苦和牺牲。上下连同一体，这就是正小雅。上下的接通断绝了，这就是变小雅。我就讲这些，谢谢大家，谢谢周毅带来的新书。

周　毅：（抢话筒，笑）德海，让我先来回应一下张老师的话吧。张老师的话，对我有一个点醒，我虽然把这三个人的序列说出来了，但是我没有一个准确的定义。张老师说“陈渠珍是黄永玉和沈从文通向古典世界的接口”，这个说到我心里去了。我们从现代以来和古典世界有一个断裂，这个断裂我们自己未必意识到，或者意识到了不知道怎么去连接。沈从文先生前半辈子是文学家，其后半生——去年张新颖写了一本很精彩的书，就是《沈从文的后半生》——如果是放在刚才张老师说的古典的定义里面其实就会很清晰。古典对人的要求是做人、做事，不是说做一个文学家，文学家不是最高的，古典最核心的概念，就是看你做人做事。沈从文完全是按这个路子走的，最后成就的是他这个人。

我觉得我也是在理解陈渠珍以后，才明白黄永玉给沈从文先生题的墓志铭，他写的“一个士兵要不是战死沙场，便是回到故乡”，其实不容易懂。如果你不太理解他们的源头，就不明白为什么黄永玉会把沈从文说成一个战士，而不是一个文学家，不是一个诗人。对我个人来说，要明白他们这个系统，才知道黄永玉为什么把沈从文说成一个战士。我重复一下刚才张老师的话，他刚才提到治国者、护国者、生产者这三种身份（实际上是指治国、护国、生产三种阶段。——编者按），这个说法是陈渠珍的划分，对人三种“天职”的划分，士兵就是护国者吧。在凤凰这地方，我觉得人的天职非常清晰，而我们都市里的人往往在这个问题上是很迷失的，是没有天职的，到底你这个人生来是干什么的，寻求快乐，或者自由、幸福？但是，在那个地方，我觉得他们对人的所有的定义是从天职开始的，你必须承担了这些天职，去完成这个天职，你才可能是一个人。陈渠珍除《艽野尘梦》之外还有一部很重要的书——《军人良心论》，这部书写在《艽野尘梦》之前，是他在湘西搞自治的时候写的。我说《艽野尘梦》是一部情感之书，而《军人良心论》是一部信仰之书，凝聚了陈渠珍的信仰。这本书看名字是《军人良心论》，其实这本书里面几乎没有写军队，就是良心论，就是讲做人要讲良心，就是刚才张老师谈到的大乘佛法。你要对这个宇宙的本体有一个认识，然后你要在这个世间做事，是这样子一个思路。黄永玉和沈从文没有治国，没有做一个行政首领，但护国和生产，黄永玉和沈从文都做了。像沈从文先生晚年，像黄永玉先生现在，“耄耋之年仍劬劳不止”，人生百年，完全不偷懒，每天必须做事，才能成就一个人。

刚才张老师说古典的核心是做人做事，这个意思真重要。这些年我觉得我们对文化的认识和这个是有点脱离的，和做人做事的关系有点隔开来了。我在看《无愁河》的时候有一个比较，不比好坏，就是做一个比较，和《红楼梦》做一个比较，我书里有简短的比较。中国四大名著里面，只有《红楼梦》是写日常生活的，这一点《无愁河》和它很像，它那么长，但写的是日常生活，但是我说《红楼梦》比《无愁河》缺了一点，它没有生产性劳动，它是写园子里面一个贵族的生活，这个是不是有缺失呢？我觉得是有，就是说天气有了，没有地气，没有接到劳作这个层面。但不管是沈从文还是黄永玉，在他们的写作里面，他们最核心最精彩的形象是劳动者。《边城》里面翠翠和她的外公，《长河》里的一些人物形象。黄永玉《无愁河》第一部《无愁河的浪荡汉子·朱雀城》，里面给人留下最深印象的一个人物形象，是他的保姆王伯。《无愁河》中写了很多，像保姆、厨师、船夫，很多手艺人形象。他写的这种民生百年长勤，这样的日常生活，是《红楼梦》里没有的。和《红楼梦》还有一个比较，“红楼梦”这三个字其实也是这部作品的一个“相”，“无愁河”这三个字也是这部作品的一个“相”，“红楼梦”是在一个大观园里面的故事，最后的人生观是有一点点虚无的。好像是顾城说过，中国有两部作品是写过人间天国的，一个是陶渊明的《桃花源记》，还有一个是《红楼梦》，它们把中国文化里面非常精妙的东西写出来了。我觉得“无愁河”这三个字里面也有，接触到了一个本原性的东西。我以前以为我跟无愁河的缘分，为什么我会被这本书感动，是因为我们有一个很接近的故乡。我是四川人，湘西凤凰是四川话语系，不是湖南话语系。

他们的地理环境和我家乡的地理环境也有接近处，有山有水，人就是在这样的天地间出生成长。我开始以为就是一个故乡的概念，后来，其实也可能是这几天才明白过来，不仅仅是这样，而是因为其中有一种本原性的存在。巴金先生、鲁迅先生他们对故乡的态度是要去拯救的这么一种态度，但是从我个人的成长经历来说，我觉得肯定有几年，我们童年的成长和故乡的山水融合在一起的时候是非常完满的。我们的人生在那里其实有一个本原性的存在和支持，对你的一生是有这么一个支持的。这个支持在我后来的学习和求学的过程当中，特别是在对现当代文学的学习时，大学这样的知识系统里面，把这个东西失落了。我后来读很多现当代文学作品，读到后来都有一种不尽意的感觉，感觉自己内心的一些东西，没有得到完全的表达。一直到《无愁河》，才觉得，如果你说它是一个文化的根也可以，是我们人的一个根也可以。人被天地所生出来，还是要有感恩心的。就是你童年获得的那些美好的东西，你长大后不能一直去批判它，其实这样把自己的根弄没了。

我书里面谈到过一个比较，在很相似的一个经历前，黄永玉和鲁迅完全不同的反应。这个经历就是家道中落。鲁迅先生说：“有谁从小康顿入困顿的么？我以为，在这途路中，大概可以看见世人的真面目。”这真是对人间一种很势利的解释，好像看清了人生，是这样的势利。黄永玉小时候，在比鲁迅更小的时候，他的家道也中落了，状况更惨烈，父母突然成为像通缉犯那样的人，要被抓起来枪毙的，父母都逃走了，一瞬间就逃走了，他成了一个没有父亲母亲的人。然后他就被他的很有侠义心肠的保姆背起来到山里去躲了两年。如果要说家道中落的话，他的家道也是中落了。但是，我觉得他们的态度真的不一样，黄永玉在家庭发生了这么大的变化以后，他不是用一种很凉薄的心看待这个世界，他说他获得了更大的一种支持，就是在那个保姆带他去的乡下，就是在大自然里面，天地给了他一种东西。这个东西是黄永玉一辈子碰到大事时，都会重新想起来的。包括最近这一期《收获》里面写到他要去杀人，他只用一句话描写他的内心状态，他那个时候浑身发抖，心里想的是，“王伯，要出大事了”。这个王伯就是他两岁到四岁时候的保姆。这个没有知识、没有读过书的人，给了他一辈子最大的支持，就像最强大的一个定力，让他碰到什么事情都会想到这个人，让他知道怎么做人，他不是从读书习得的，而是说人要有天良，你有了天良很多东西就都不怕了，能在这个世间无所畏惧地生活。这是我对张老师讲的话的一个呼应——“做事做人是古典的核心”。

刚才张老师说很难定义《无愁河》，我们受这个现代文学教育的人，确实很难给它一个定义。因为它的源头已经到我们现在的文学之外去了，它是写于当代的现代的文学，不仅如此，它还是古典文学！它把我们中国古典的一些精神，以前我们拥有的一些很高贵的东西，通过人物的形象写出来了。这个我觉得是《无愁河》非常了不起的地方。

黄德海：我本来是来做一个坐得最近的听众的，听张文江老师和周毅来谈。现在周毅讲的，勾起了一些想法，我也来说两句吧。

有一次跟朋友去外地玩，从居住的院落走出来，路旁有几棵树，朋友指着树说，我们到大自然里坐坐。我听了心里一紧。我认识的对自然风物熟悉的人，他们会说，我们到那棵杨树下坐坐吧，我们到那棵柳树下坐坐吧，最多说，我们到那棵树下坐坐吧，不大会想到说“大自然”这个词。什么地方出了问题？

《诗经·卫风·硕人》里有几句：“手如柔荑，肤如凝脂，领如蝤蛴，齿如瓠犀，螓首蛾眉，巧笑倩兮，美目盼兮。”除了最后两句，前面的句子近代以来招来了不少嘲笑——手像茅草芽，皮肤像油脂，脖子像天牛的幼虫，牙齿像瓠瓜子，类似蝉的方额头，蚕蛾触角样的眉毛，哪里美了？嘲笑的人大概忘记了，这些比拟，跟当时人的具体日常有关，他们熟悉这些事物，用来比喻也觉得切身，人人可以领会。我们无法领会这些美，很可能是我们对自然事物的感知退化了。比如凝脂这个比方，笺释中经常说是形容皮肤白，其实凝练的油脂因为没有间隙，还有紧致的意思，这个比喻里含着对女性年轻的赞美。比如螓首，螓的头宽广方正，头宽，则眉心间距大，这个特征的人，往往心胸开阔。联系小序所谓：“闵庄姜也。庄公惑于嬖妾，使骄上僭，庄姜贤而不答。”可见螓首牵连着庄姜的心胸。细读这首诗，就会发现，这几个比喻，每一个都是具体的，并且都牵连着所写之人的品性，非常精妙。

在《沿着无愁河到凤凰》这本书里面，我们看到，周毅把她从《无愁河》中感受到的乡野、自然、朴素的人世情态，都具体而细密地落实到她英气勃勃的文字里了，也就有《硕人》里那种因具体而来的精妙感。我们今天跟周毅一起来分享她的这本书，大概也能感受到她身上那种现在人罕见的英气。这英气会让一个人不老，这个不老不是说年龄不再增加，而是说，有英气的人，给人一种挺拔的感觉，会一直显得年轻。能在一本书、一个人身上，感受到这不易得的英气，是一种难得的享受。

周　毅：很惭愧。还是借用德海说的这个“英气”来形容《无愁河》吧，可能不完全准确。刚才我讲到，

《无愁河》这部小说，里面有本原性的存在，《红楼梦》也接触到本原性，所以才可能这么长久地被人阅读。怎么表达它的本原性呢？用黛玉的话说，就是“质本洁来还洁去”，知道自己有一个来处，要归去。和《无愁河》比较起来，《红楼梦》的本原是“洁”，也因此有点哀婉和空。而《无愁河》的本原，有一股英气，童年之气。小说一开始是：“他两岁多，坐在窗台上。”整个《无愁河》是这么开始的。一个小孩子，坐在窗台上，窗台外是花园，花草一直蔓延到山那边。他还不太会说话，五官还没有长开，但是他能接触到周围给他的所有信息，这个信息甚至不完全是眼耳鼻舌身意这么来的。《无愁河》里面的本原就是这样，像我们幼年和童年时代，和山川自然、和这个宇宙其实还没有完全分开，不像黛玉那么干净，而有点像“不垢不净，不增不减”的那种状态，这里面有创造性，有一种生生不息的东西，我觉得这个就是《无愁河》一直到现在还生生不息的原因。这个特征在第一部《无愁河的浪荡汉子·朱雀城》里特别明显，现在慢慢地，浪荡汉子的那种劲出来了，开始有一种故事性，有一种情节性的东西出来了。但是，从作者本人来看，他身上真的没有脱离和这个本原的联系，他一直没有丢失这个可以给他带来生生不息创造性的东西。

黄德海：因为时间关系，我们今天的对谈只能到这里了。剩下的一点时间，我们请周毅给我们选读她书中的一个段落。

周　毅：好。那我就读这段吧。先解释一下，黄永玉先生曾说过一句话，《无愁河》百分之九十是真实的。另外百分之十是作家的气性、构思，不用真实来衡量。下面这个段落和这个话有关，接下去我就读吧——

陈渠珍经历的血腥和武力，在“无愁河”中变为春风和雨露。

这就是那百分之十的工夫了。

作家的个性、人格，“无愁河”的艺术魅力，在百分之九十“史”的衬托下，能看得格外清楚。“无愁河”是无邪的。“狗狗两岁多，颇能自持，可以！”爷爷眼睛厉害，给了狗狗最初的判语。无邪，便来自这“自持”。能自重，有“自”可“持”，才好恶皆得其实，遇物演化出清新健朗，又厚重得体的风格。一方面，对人、对事、对自然，都那么心心相印地爱着，同时，也剔除，也猛厉，也摧毁，无可非议。

凤凰的生命，从陈渠珍，沈从文，到了黄永玉。

陈渠珍和沈从文，分别有自己显和隐的两段生命。陈渠珍“显”的生命，大致完成于《艽野尘梦》，结尾“天胡不吊，厄我至此。予又不禁仰天长号，泪尽声嘶也”的悲恸，呼应着他写作此书时永别凤凰的悲恸；沈从文“显”的生命，大致完成于《边城》，在“这个人也许永远都不回来，也许‘明天’就回来”的朦胧委屈希望中。以后，陈渠珍的日记，沈从文的文物研究，都以“隐”的方式延续着他们各自的生命，含护着一股生气不灭。

到黄永玉，到黄永玉晚年，通过一生的努力，完成了转换。那些悲怆之象，不清晰的希望之象，转换成“一路唱回故乡”“无愁河的浪荡汉子”的光明之象。像一点点蔓延到天涯的青草，郁积在《艽野尘梦》中的那股生气，被一代代人，带出来，活了。

《无愁河》是一部许诺人可以永葆童年之美、童年之力的书。

我读它，常生欢喜心，仿佛借黄先生的眼睛看到：世界的本来面目，不是苦，是喜悦的。入于“史”内，知道苦还是苦，甚至很苦，急管繁弦，岸高河急。但因还保有那一点童年的力，保有那一点童年的爱，尚能出于“史”外，让苦变成甜，让艰辛孕育出希望。出入于“史”的内外，晓得“无愁河”的喜悦来得如何不易，如何庄严了。

“故人星散尽，我亦等轻尘”。伤痛藏得很深，表达得很轻。

黄永玉独力承担。

（掌声。结束）

场外余音：

观众散去后，张文江老师笑说，没有让他也读一段，似有未尽之意。于是，在几个人的环绕聆听下，张文江老师也朗读了如下一段。这个情景，见者不多，倒是分外珍贵了：

陈渠珍日记有一个特点，多是从夜里的事开始记起。

如：

早二时醒，久不成眠，即起床。月色犹明，照耀山溪，清辉可爱。

如：

昨晚初睡约半时，即被隔壁房东敲门惊醒，又约闻其夫妇交谈声，又闻其夫人入厨房治食而入室，闻细碎声，似嚼食又似吸烟，皆不甚可辨。予遂不能成寐。至十一时半，始朦胧睡去。一时半，又起溲，再睡至三时四十分钟醒即起，升火，静坐。

又如：

昨三时半起，漱便毕，天已大明。移时，旭日东升，天清气煦，树头好鸟娇唱不已，农人荷锄归来，此正农家早餐之时，想见其披星戴月而出，勤劳可知矣。

这样的起笔，让他的日记有一股稀罕的气象。如带人进入广大静谧的夜，看到大地沉睡，而生机已静静开始忙碌的情景。

其中，我格外喜欢这样一则：（民国31年六月初六）

昨日午间微雨，不久即住。然遍观此地四周则无处不大雨，故至晚暑气渐退，睡甚安，至十二时半而醒。两儿苦臭虫，同起搜捕，予亦醒，而为之煎药。梅玉因六女痱疮，辗转不能成寐，亦起至楼上取茶。于是，剔灯加油，家人皆起，笑语盈室，宛如白昼，推开窗棂觉凉风习习可爱。既而取《俞曲园集》读之，时诸人已睡静。予坐至两时半，东方既白，凭窗远眺，见天际层云起处，朝霞上升，晨风清兴，别绕兴趣。此等风味，余一生领略独多，由是自幸矣！

读这则日记，我好像置身无边的安静之中。

生活清贫而和谐，动人；对黎明的欣赏、迎接，尤其动人。陈渠珍一生以勤修身，晨兴宿寐，衣不解带，常能看到天亮日出光景。东方既白，推窗见晨风清兴，他说“此等风味，余一生领略独多，由是自幸矣”。真是动人上再加一点动人，似比“一箪食，一瓢饮，回也不改其乐”，更上一层。

安静中隐隐有什么气息袭来。那就是黎明的气息吧。就是贯穿在陈、沈、黄身上，那一脉相承的气息吧！

[完]

2015年8月21日上午于上海思南公馆

后 记

写这个后记，主要是为了解释一下书名。书名所从出的诗，是我在一本书信集里看到的，言明出自应修人：“笑问兰花何处生，兰花生处路难行。争向襟发抽花朵，泥手赠来别有情。”待找来应修人的《游鄮隩问生兰处村童争以兰赠我归后有作》，不免吃了一惊——引文跟原作差别太大了，尤其是后两句，简直是自铸新词：“笑问幽兰何处生，幽兰生处路难行。采来几朵赠君尽，为报爱兰一片心。”当然也没有信中发挥的那番意思——

圣贤之学即是人生的兰花，生在崎岖险难之处。我可比是那妇女，你在路上遇见我，我抽兰花赠你，告诉你兰花生处路难行，而你若是学问的绅士，则也许会对“泥手赠来”的泥手嫌恶，或者是用手帕垫了手来接，因为你习惯于盛在盘里，供在堂上的蜡花纸花。此诗开头“笑问”，即非常好，你志于圣贤之学，能好像是笑问兰花何处生么？如此才是《论语》里“志于学”的志。学问的因缘，师友遭际，便可比路上邂逅适愿，对你说兰花生处路难行，把襟发上戴的刚才采得的花，泥手抽来赠你。

我当然不是要谈什么圣贤之学，只是觉得自己随读随写的野人献曝似的小文章，有点泥手赠来的拙直，就采来用为书名了。

写这后记的另一重要原因是表达自己的感谢。感谢当初发表这些文章的报刊（最多的是《文汇报》的《笔会》）和公众号，感谢李辉先生将我的小书收入自己主编的丛书，感谢张文江老师同意把分享会的内容收进这本书里，感谢周毅女士赐序，感谢给我教益和帮助的师友亲朋，感谢这无量时间里有限的写作时光。

现在，我最想说的是下面的话："那个人在过去的某一天其实已经逝去，但他刚刚又再次诞生于我们的谈论之中，我祈求他所有的辛劳和美德都能够保存下来。"

黄德海

2017年5月4日

副刊

精品栏目荟萃

《副刊面面观》

《心香一瓣》

《纽约客闲话精选集　一》

《多味斋》

《文艺地图之一城风月向来人》

《书评面面观》

《上海的时光容器》

《谈艺录》

《问学录》

《名人之后》

《纽约客闲话精选集　二》

《编辑丛谈》

《本命年笔谈》

《国宝华光》

《半日闲谭》

《云泥鸿爪一枝痕》

个人作品精选

《踏歌行》

《家园与乡愁》

《我画文人肖像》

《茶事一年间》

《好在共一城风雨》

《从第一槌开始》

《碰上的缘分》

《抓在手里的阳光》

《阿 Q 正传》

《风吹书香》

《书犹如此》

《泥手赠来》

《住在凉山上》

《老解观象》

《犄角旮旯天津卫》

《歌剧幕后的故事》

《色香味居梦影录》

《走读生》

《回家》

《武艺十八般》

《一味斋书话》

《收藏是一种记忆》